JN212807

玉川太福
私浪曲
唸る身辺雑記

竹書房

SONY

まえがき　日常を唸る

玉川太福

このたびの浪曲口演の書籍化は、浪曲の歴史において——落語や講談に比べれば浅くはあるが——史上初のことであろうと思う。

浪曲台本の書籍は沢山ある。では、本書のなにが史上初なのか、それは「すべてライブ音源の文字化である」ということ。浪曲の音源は、落語や講談と異なり、おそらく9割以上がスタジオ録音。その点が大きく異なる。そして本書はすべてが身辺雑記ネタである、ということ。それもほとんどが初演、「ネタおろし」であるということ。だからもう——本当に——読みにくい（笑）。大変申し訳ないです。文章として整えることも考えたが、臨場感を失うことよりも、あえて生々しい口調を残すことにした。ぜひ、読みながら「自分はいま、渋谷円山町のまん真ん中、ふかふかっとした座り心地の、ユーロライブの客席にいる」と想像してみてほしい。一読者ではなく、一当事者のような気持ちで読んでいただけたら、きっと楽しい。と願う。

掲載されたネタの半分は、２０１８年の1年間、「渋谷らくご」の土曜日20時の枠をいただいて開催した「月刊太福マガジン」で生まれたものだ。そのひと月であったことを、浪曲に仕立てて唸って聴かせる。中には、ユーロライブに向かう新幹線の中で出来上がったネタもあった。大阪に行ってきた物語のタイトルが、そのまま「大阪へ行ってきました物語」なのは、そのくらいホヤホヤで命名する暇もなかった証。手探りのなか、お客さんの反応だけが頼りだった。以降、身辺雑記浪曲は私の強い武器となった。

そもそも浪曲のなかに、身辺雑記というジャンルはあったのか？　たぶん、なかったのではないか、と思う。明治から昭和にかけて活躍した寄席読みの名人に、東武蔵という浪曲師がいる。この名人には「寄席のトリで楽屋入りしたら、前の演者がふざけて東武蔵の持ちネタをみんな舞台にかけていた。仕方がないので、今日家を出てから寄席に着くまでの道中を即興で浪曲に仕立てた」という逸話がある。あとは、最新の時事ネタなんかも、どんどん取り入れていたらしい。ニュースを扱うような浪曲師もいたとか聞く。

ただ、苦肉の策などではなく、身辺雑記を嬉々として芸の柱の一つにしている浪曲師は、私が初ではないか。現在、若手を中心にマクラやエッセイのような浪曲を唸る人が増えてきた。とてもいいことだと思う。そしてその中で、「一番中身のない話」を唸っているのが私だと思う。そうありたいと思う（私より中身のない話を唸ってる奴がいたら、とても悔しい……）。

本書によってより一層、浪曲で聴く身辺雑記が一般的になればいいなと思う。その時に、そんな他愛もないジャンルを定着させたのは玉川太福だと――いや、玉川太福と、月刊太福マガジンに通ってくれたお客さんたちだと――胸を張って言いたい。

って、まだロクな浪曲師でもないのに、自分の手柄を吹聴するようになっちゃおしまいか。いいや、本書が玉川太福の始まりだ。

浪曲師　玉川太福（たまがわだいふく）

生年月日：1979年8月2日　出身：新潟県新潟市　師匠：二代目 玉川福太郎　芸歴：2007年3月入門　2013年10月名披露目　弟子：わ太、き太　所属：一般社団法人 日本浪曲協会、公益社団法人 落語芸術協会

編集部よりのおことわり

◆本書に登場する実在の人物名・団体名については、一部を編集部の責任において修正しております。予めご了承ください。

◆本書の中で使用される言葉の中には、今日の人権擁護の見地に照らして不当・不適切と思われる語句や表現が用いられている箇所がございますが、差別を助長する意図を以て使用された表現ではないこと、また、古典芸能の演者である玉川太福の世界観及び伝統芸能のオリジナル性を活写する上で、これらの言葉の使用は認めざるをえなかったことを鑑みて、一部を編集部の責任において改めるにとどめております。

目次

自転車水滸伝 ～ペダルとサドル～

2018年1月13日　『渋谷らくご』［*1］
曲師［*2］　玉川みね子［*3］

え～、お忙しい中、こんなにもお越しいただきましてありがとうございます。第1回となります『月刊太福マガジン』という、……本当に皆さんもね、この、内容が全く分からなかったであろう会によくお越しくださいまして（笑）、皆さんが分からないばっかりじゃない、わたしも分からないんですけれどもね（笑）。本当にこんな機会をいただいてタツオ［*4］さんには、……もう渋谷らくごさんには、もう、ありがたい限りでございますけれども……。ですから、わたしもちょっと今日は早めに来てですね、もちろんかしめさん［*5］が上がる前から、タツオさんの公開質問のときから、ずっと袖［*6］で伺ってまして、……ですね、「どんなお客様が来るのかな」なんて思って伺っておりましてね。何か質問のところがありましたんで、「ここでまたどんな質問が出るのかな」と思って聞いておりましたら、わたしに関するものは一つもなくてですね（爆笑）。

［＊1］渋谷らくご……渋谷のイベント・スペース「ユーロライブ」で行われる落語会。サンキュータツオ氏がキュレーターとなり独自のラインアップを組んで若手からベテラン落語家、浪曲師、講談師等の演芸を出演させる落語会。このような演芸になじみのない新たなファンを獲得し長く続いている。通常は毎月第2金曜日からの5日間でおおむね12プログラムが行われる。2014年スタート、2024年で10年目を迎えた。

［＊2］曲師……浪曲の口演に欠かせない、三味線奏者。浪曲師と曲師の間に譜面は存在せず、浪曲師の節・啖呵・語りに合わせて演奏し、掛け声を入れる。専属の曲師を、相三味線という。

意外とわたしに興味のない方が、お集まりいただいてんのかな……、なんてね、そんな気持ちでね、来ておりますが……。え〜、1年間でございますんでね、今回また興味を持っていただいて、末永くお付き合いいただければ、ありがたい限りでございます。浪曲というのは落語と違いますのは、曲師……、お三味線が付くことでございます。師匠玉川福太郎[*7]一門のおかみさん、玉川みね子でございます（拍手）。

まず浪曲ってのは、どういうものなのか？　節が付きますと、どうなるのかというのを、まず身近な、ごくごく身近な情報でですね、ちょっと唸ってみて感じていただきたいなと思う次第でございます。はい（三味線）、

[QR01]

〽明日の関東地方の天気は（笑）
1日晴れが続くでしょう
山間部では雪も降るとこがありますがぁぁぁ
昼前には止む見込みです（爆笑）
厳しい寒さは引き続きぃ　内陸では氷点下
都心でも0℃まで下がる見込みでしょう
そしてぇぇぇ　明日の夜からは

[＊3] 玉川みね子……曲師。玉川太福の師匠である故・二代目玉川福太郎の妻であり曲師でもあった。現在は玉川太福の曲師を務めることが多い。

[＊4] タツオさん……サンキュータツオ。日本語学者であり、また漫才コンビ〝米粒写経〟のメンバーでもある。〝渋谷らくご〟ではキュレーターとして起ち上げから関わっている。尚〝キュレーター〟とは、博物館、美術館などでは学芸員と呼ばれ、展示物の企画・監修・管理・運営など行う役割。

[＊5] かしめさん……立川かしめ・落語家。2015年立川こしらに入門。2020年二ツ目。入門時の名は〝仮面女子〟だったが1年後〝かしめ〟に改名した。

晴れた陽気はどこへやら　ドンドンドンドン気温が下がり
都心で何とマイナス20℃ぉぉぉ（爆笑）

そこまで下がりませんけど（笑）。

〽そして気になる来週のお天気！
……ちょうど時間となりましたぁ（爆笑・拍手）

まぁ、今ねぇ、2、3分あったかも知れませんけれど、何も情報がね、頭に残ってなかったりするというね、ことがあったりしますけど。こういう天気予報みたいなものも浪曲で節に乗せるってことが出来るということがございまして……。天気予報は、まぁ、「毎回演ろうかな」なんて、思いますけれども。あとは時事的な演目、それから身辺雑記的な演目、それから古典をたまに一席やらしてもらったり、ありものの新作を演ったりと、いろいろ考えているんですけれども……。時事的なところですね、まぁ、今も、この天気予報ですね。今、わたし唸りましたけれども、「天気予報、演るよ」とは、曲師のみね子師匠には伝えていませんし、その内容も何も言ってないいんですね。

［＊6］袖……演芸や芝居の行われる舞台の両側にある客席からは見えていないスペース。寄席などでは前座が太鼓を叩きお囃子さんが三味線を弾く場所でもあり、また楽屋を兼ねている場合もある。

［＊7］玉川福太郎……浪曲師。1968年三代目玉川勝太郎に入門。1974年二代目玉川福太郎を襲名。1990年文化庁芸術祭賞を受賞。『天保水滸伝』を始めとする任侠物を得意とした。2007年逝去。

［QR01］

浪曲師がアドリブでやることに、アドリブで合わせてくれるという……、これが浪曲の一番の醍醐味なんですね。ですからまた、時事的なものになると思うんですけれどもね。

今日は、ここにご来場の皆様も、ポッドキャストで聴いていただいている方も、玉川太福も浪曲も知らない方もいらっしゃるかも知れない。……身辺雑記、「そういうので唸ると、どういう浪曲世界観になるんですか?」というのをですね、まずは、わたしの作りました新作の浪曲で、一席お付き合いいただきたいと思うんですけれども……。身辺雑記、わたしに実際に起こった出来事を元にいたしました。

1台の自転車にまつわりますお話でございます。題して『自転車水滸伝～ペダルとサドル～』を時間までよろしくお願いいたします(三味線・拍手)。

[QR02]

〽ブレーキのない暴走自転車
スーパーの駐輪場は
買い物を終えて戻ってくると、
「なんでこうやって停めるんだ? オレの出せなくなっちゃうじゃん。しょうがないなぁ、何でこういう停め方……、よいしょ」
ガチャン!

[QR 02]

「あっ！　あっ、あっ、ぁぁ……」
〽1台倒せばドミノ倒しに数十台ぃぃぃ〜（爆笑）
どこへ行ってもぉぅ〜　自転車　自転車ぁぁぁ
その数なんと東京都内に約900万台ある
その1台1台に　悲喜交々（ひきこもごも）の
物語ぃぃぃ〜（拍手）
900万台あるならば　900万の話がある　たった1台の自転車にも
波瀾万丈大スペクタクル
その名も『自転車水滸伝 〜ペダルとサドル〜』の一席を出発進行
いたしましょう（拍手）

この日本という国はですね、実は世界第3位の自転車大国なんでございます。その数なんと全国に約8千600万台ありまして、この東京に、その約10分の1にあたる、900万台あるんです。

……車も渋滞しがち、電車も遅れたりダイヤが乱れがちだったりするこの東京で、ですね、むしろ自転車で移動したほうが早い。いやむしろ自転車がなければ移動が出来ないというような自転車依存型の都市生活者というのは、その数が知れないと言われております。何を隠そうわたし、玉川太福もその1人でございまして、浪曲師になる前も、自転車には、まぁ、よく乗る方だったんですね。そのとき乗ってたっていうのは28インチという、わたしの身体に合わせて、ちょっと大きめのシティサイクルタイプという横ハンドルの大きな籠が付いたのに乗っておりまして、元々よく乗るほうだったんですが、これが浪曲師に弟子入り以来、より一層乗るようになりまして（三味線）、

〽自宅の荒川町屋から　浅草定席木馬亭［＊8］
上野の広小路亭［＊9］に　日本橋亭［＊10］
神保町のらくごカフェ［＊11］に　渋谷の渋谷らくごまで
どこへ行くのもぉぉぉ〜　自転車さぁぁぁ〜
ぶっちゃけぇぇぇ〜　今日は電車です（爆笑）

いや、いや、まぁ、今日、掛け持ちでね、来ましたんでね。そういうときは、電車乗ることもあるんですけれども……。まぁ、自転車で移動すると何がイイかというと、まぁ、交通費がまるでかからないというのが、これが一番でございますというって、まぁ、お金を一切出費しないかっていうと、そうじゃないいんですね。

［＊8］木馬亭……浅草寺近くにある浪曲の定席。1970年から現在まで浪曲の常打ち小屋として浪曲を支え続けている。公演は毎月1日から7日まで行われる。

［＊9］広小路亭……お江戸上野広小路亭。上野広小路交差点角にある寄席。1996年開業。落語芸術協会の昼の定席が毎月1日から15日まで行われ、また落語立川流の会は毎月17日に行われている。浪曲の会は毎月第四日曜日の昼席に開催。

［＊10］日本橋亭……お江戸日本橋亭。日本橋にある寄席。2024年1月よりビル改築のため休業中。営業の中心は落語だけでなく講談、浪曲の会も定期的に開かれていた。

片道30分ぐらいの距離を、もう頻繁に乗りますから、パンク当たり前です。パンクの修理代、その他にも、もうタイヤがツルツルになっちゃうとタイヤの交換で4千円、5千円がもう頻繁にあるんです。その他にもブレーキが緩む。チェーンが外れる。その都度修理しながらも、徐々に、徐々に傷んでいくのが自転車の定めでございました。

（横向き姿を観客に見せて、手を回転させる所作）分かりますか、これは（笑）？今全身で自転車のボディーを表現してるところなんですけども……（爆笑）。

こうね、普通ペダルがまっすぐに回転するんですけれども、ある日ですね。坂道を上っておりましたら、この右のペダルがですね、ちょっと横回転のような気がしたんですね。でも、上りですから、「ちょっと何かおかしいな」と思いつつも力を緩めずに、グッグッグッと漕いでおりましたら、この右のペダルがギュッと横回転になり（三味線）！

〽ペダルが　歪むと　自転車はもう乗れなぁいぃぃぃ（爆笑）

すぐに自転車屋さんに持っていきます。修理不可能！

「お兄さん、これ一体どんな乗り方をしたんだよ？」（爆笑）

［＊11］らくごカフェ……神保町にある落語専門のライブ・スペース。ほぼ毎日落語会等が行われている。また落語に関する書籍やCDなども閲覧でき、ドリンクなども楽しめる。

「いやぁ、普通に乗ってたんですけど……」

いやもう、一日たりとも自転車が無い生活は出来ませんから、すぐに店内を物色しますと、28インチシティサイクルタイプが1台だけ残ってました。「よかった」と思って値札を見ますと、4万円ぐらいするんですね……。浪曲師になってですね、まだもう端(はな)の頃でございます。今でもそうですけどね（笑）。年の暮れ12月でございました。そんな時に懐に4万なんて大金がある訳がないんです。

「これじゃ買えないいな」と思ったんですが、じゃぁ、皆さん、「そんなんしなくたって、今時メーカーにこだわらなければ、2、3万のなんか速そうなマウンテンバイクみたいな、……若い人が乗りそうなのがあるんじゃないか?」と言うかも知れませんが、マウンテンバイクみたいな、ああいう籠の付いてない自転車ってのは、浪曲の大きな荷物運ぶことが出来ませんから、籠は必須なんでございます。

「じゃぁ、籠の付いた一番安い自転車あるじゃない。ママチャリ」こう思うかも知れませんが、ママチャリは遅いんですね（笑）。30分片道乗りますからね、遅いというのは、もう致命的なんです。といって籠がないものには乗れない。4万円はない。そこでわたしが取りました、とりあえずの行動が（三味線）、

〽出来る限りに　歩くぅぅぅ（爆笑）

テクテクテクテク歩く日々　交通費は一切かからないが
どんどん疲れがたまっていくぅぅぅ

そんな、「この先、どうしたらいいんだ？　これ以上歩けないよ」と思った日にですね、当時のわたくしがお世話になってたアパートの大家さんから電話がありまして、

「もしもし、あの、玉川ですが……」

「あ、どうも、あの、大家ですけれどもねぇ、ちょっと気になったんだけどね、玉川さん、この頃ほら、玄関のとこに、アナタの自転車置いてないけどさ、何かあったのかな？」

「大家さん、よく気づいてくださいました。これこれこういう理由で、ご存じでした、大家さん？　自転車って、ペダルが歪むと一発で駄目なんです」(笑)

「そんなことだろうと思ってねぇ。……実は玉川さん、あの、ウチにねぇ、乗ってない自転車が1台あるんだけどねぇ、あげようか？」

いやいや、下町荒川3丁目の大家さん、こんな言い方はなさらないんですね。

「あの、1台あるからね、乗ってよ、貸してあげるよ、どうぞ」

そんな感じでは、ないんですね。下町の大家さんというのは、アパートのこの店

子に自転車を譲るときにこういう感じになるんです。

「1台乗ってないのがあるんだけどね、玉川さん。よかったら、……乗る？」

分かります？　この、「あげる」という上の立場なのに、「よかったら……」この下からくる（三味線）、下からくる。上の立場なのに、この下からくる

〽これが　下町の　粋な人情ぉぉぉ～

その自転車というのが、元々大家さんの自転車ではなくてですね、わたしの隣の部屋に住んでいた太田Tさん、K子さん、80歳を過ぎました老夫婦が隣に住んでおりまして、そのご夫妻のものだったんですね。……というのも、そのご夫妻がどんな方々かと紹介しますとですね、わたしは隣の部屋に当時住んでおりまして、2人暮らしなのに、隣のその部屋と、向かいの部屋、2部屋を借りているんですよ。贅沢ですね。で、夜寝るときはですね、お互いそれぞれ別の部屋に分かれて、内側から しっかり鍵を閉めてお休みになるんですね。翌朝、毎朝ですね、毎朝6時ぐらいから、毎朝激しい口論してるというですね（爆笑）。大変仲の良いご夫婦が隣に住む、……当時住んでおりましてですね。その80歳過ぎておりますから、健康のため安全のためでございましょうか？　その自転車持ってきたは良いけれども、「い

や、大家さん、これあげますよ」って、大家さんに譲って、それが長年乗られずに玄関の片隅に置いてあった。それが巡り巡って、わたしのところに来たんでございます。

保管の仕方が良かったんでしょうね。年季は入っておりますけれども、十分乗れます。油もちゃんとさしてある。ええ、スペックを申し上げますと、26インチ、ちょっと小さめでございました。シルバーの……、ママチャリだったんですね。ええ、ママチャリ確かに乗るとスピードが全然出ない。

もう30分で着いたところが、40分も、下手したら45分ぐらいかかるんですけれども、スピードが出ない分、その分小回りが利くというか、安定感があるような、そんな気がするんですね。乗ってるときの姿勢でいうと、以前乗っていたシティサイクルタイプ横ハンドルってのは、ちょっと前傾になるんですね、横ハンドルになりますから。で、ママチャリってのは、こういうふうになるんですね。分かりますか？　だからね、こういう感じになるんです（笑）。ママチャリの場合は。つまり背筋が、ピーンと伸びるんです。知らず知らずのうちにですね、わたくし、背筋がピーンと伸びていった。そのせいで、なんと以前よりも（三味線）、

〽良い声になりましたぁぁぁ（爆笑・拍手）

大家さんよ　自転車と　いい声までありがとう
そしてぇ　3年が過ぎましたぁぁぁ

え〜、当時浪曲の修業中でございまして、そのときの必須のアイテムっていうのは、大きなリュックサックなんです。なぜかといえば、浪曲はですね、このテーブル掛け[*12]ですとか、柝頭(きがしら)[*13]、チョンチョンってヤツとかですね、荷物が非常に多いんですけれども、……だからといって、まだまだ修業中の者がこのゴロゴロゴロゴロって曳(ひ)くバッグを使う訳にいかないんですね。というのは、必ず両手を空けて、師匠方の荷物を持てるようにしなきゃいけないんです。そうなりますと、このわたしの少々重い身体プラス、その重いリュックの大きさ、この二つの重さがですね、このシティサイクルタイプのときは、ちょっと前傾でしたから、その重心、重さがですね、ちょっと前に逃げてたから良かったんです。

これが背筋がピーンと伸びたことによって、そのダブルの重さが垂直にサドルの一点にかかるという状態になっちゃったんですよ(笑)。ある日、その重さに堪えかねたサドルの裏側にあります、バネ……。これが片方折れちゃったんです。これがですね、乗っておりますとですね、お尻に突き刺さって滅茶苦茶痛いんですもう(笑)。今日は、もうお尻の話ばっかりでございますけどね(爆笑)。滅茶苦茶痛い

[*12] テーブル掛け……浪曲口演の際、演台にかける装飾的な布のこと。5点セットで作られるが、舞台の大きさなどの合わせ、3点や1点でも使用される。明治の終わり頃に、桃中軒雲右衛門により定着した形で、自由民権運動の演説様式に着想を得たと言われる。"渋谷らくご"では座り高座になるため、釈台に小さめのテーブル掛けを折り畳んで掛けている。素材は、塩瀬(絹)で作られることが多い。

[*13] 柝頭……"きがしら"。浪曲師が登場する際に打つ拍子木のこと。"柝を打つ"とも言う。

んですよ。もうですからね、痛い、痛い、痛い、もうちょっと段差があろうものなら、立ち漕ぎ、立ち漕ぎで誤魔化しながら乗っておりました。

そんなある朝、

〽自転車にまたがったら　サドルが前後にグラグラ動き
あれ？　これどうなってんだ？
だんだん後ろにひっくり返りと思えば前につんのめり
まるで走るロデオマシーン～か（笑）
よろよろ向かうは　木馬亭ぃぃぃ～

浪曲定席浅草木馬亭でございます。そこに着きましてですね。ペンチを借りまして、「バネはともかく、何かぐにゃぐにゃになってたのは、ネジ的なものが緩んだせいだろうな」と思いましたから、「そこだな」と思うところ、ギュッギュッギュッと締めておりますと、木馬亭の木戸に毎日居てくださるオジさんがですね、スーッと寄ってまいりました。ああ、このオジさんのことも皆様にご紹介しなければなりません（三味線）。

〜仲入り［＊14］時間にアイスを売り（笑）
バニラのことを「白」と呼ぶぅぅぅ（爆笑・拍手）
席亭［＊15］おかみの弟さん〜
バニラのところに白があるか　ちょっと広辞苑で調べ……（爆笑）

そんなことはね、今日はしませんけれどもね。そのとき、オジさんがスーッて寄って来られましてですね。

「どうしたの？　太福さん？」

「あの、今日乗ったらなんかサドルがぐにゃんぐにゃんに、なんかなっちゃってて、ちょっと今締めてるんですけど、大体もうバネが折れちゃってて、お尻に突き刺さって、痛くてしょうがないんすよ」

「ナニ？　大変じゃない、太福さん。ちょっと見せてごらんなさい。……え？　え、バネが折れているって？」

「ええ」

「どっちのバネ？　……え？　太福さん、これバネ折れていないんじゃない？」

「いや、折れてますよ。だからこの右のほうのバネですよ。だから、……あれ左だったかな？　いや、右だよな……、えっ？　……うん？　あれぇ？　いやいや、え

［＊14］仲入り……浪曲、落語、講談会や寄席などでプログラムの中ほどに入れる休憩時間のこと。〝中入り〟とも書くが寄席では縁起をかついで〝仲入り〟と表記している。

［＊15］席亭……寄席などの経営者。現在では落語会などのイベント主催者も席亭と呼ぶことが多い。

っ？」
〽折れたはずのバネがなぜか繋がっているように見える
何度見返しても繋がって見える　しかし考えた考えたぁぁぁ
折れた鉄のバネが自然にくっつく訳が無い！
壊れたまま乗り続けていたからまたその状態悪化して
「そうかぁ……、折れた状態で繋がって見える……。そういう状態に変わったんだ」（爆笑）。
〽そう納得して楽屋へ戻りぃぃぃ

仕事を終えまして、帰りに自転車にまたがると、ぐにゃんぐにゃん状態はですね、ペンチで締めた甲斐があって直ったような……、いや、良かった良かったと。

それから2時間ばかり経って仕事を終えまして、やはりアパートに戻って自転車を停めておりますと、普段滅多に会うことないんですけれども、アパートの大家さんとですね、ばったり！　玄関のところで遭遇しまして、会うなり大家さんが、その自転車のサドルの部分をすぅーっと指さして、

「玉川さん……」

「はい」
「あの……、自転車、……どう？」
「どう？」……、この一言で、ピンと来た（三味線）。

〽ああ　大家さんが直してくれたのかぁぁぁ（笑）
どう考えても直してくれてました
折れた鉄のバネがくっついて見えるなんて　おかしかったんです（笑）
急にぐにゃんぐにゃんになっていたのは
大家さんがサドルを外して修理して戻したときに
ちょっと閉め方が緩かったからぁぁぁ～
たまたま自転車動かしたときに　「ん？」　サドルの異変に気がついて
溶接までしてぇぇぇ　直してぇぇぇ　くれたぁぁぁ
溶接までしてぇぇぇ（爆笑）　直してくれたぁぁぁ
溶接までしてぇぇぇ（爆笑・拍手）　何も言わないぃぃぃ
黙って直してぇぇぇ　おいておくぅぅぅ
電話一本かけてこない　貼り紙一つ残さない
これが下町のぉぉぉ　粋な　人情ぉぉぉ～

[QR03]

[QR03]

え～、皆様、ここまで聴いてですね、「溶接までは、ちょっと嘘だろ」と思っている方いらっしゃると思いますが、これが嘘じゃございません。なんと、そのときのわたしの大家さんの職業が、板金屋さんだったんですね（爆笑）。ですから、溶接のプロフェッショナルだったんです。素人が見ただけでは、どこが溶接されているかも分からないぐらい、新品同様になってたという訳だったんです。

さあ、このぐにゃんぐにゃんも直り、バネも直って快適な自転車生活のはずが！　なんと今度は、ぐにゃんぐにゃんのほうに問題が再発生なんですよ。ペンチで締めて1日、2日は大丈夫なんですけれども、3日、4日乗るうちに、またちょっとずつ、ちょっとずつ緩んできて、そのたびに締めては乗り、乗っては締め、締めては乗り、乗っては締め、締めては乗り、乗っては締め、締めては乗り、乗っては締めを繰り返していくうちに、「バキッ！」、ありゃぁ、バネがまた折れちゃった（笑）。

月末に手渡しの家賃を持って大家さんの部屋に伺う訳でございます。

「今月の分です」

「どうもありがとう、頂戴します。じゃぁ、これ、判子捺して……。はい、どうぞ」

「それじゃぁ、失礼します」

「ちょっと、ちょっと待って、玉川さん」

「何ですか？」

「あのう、玉川さん、……自転車また壊れちゃったんだね？」

は！　知ってんだ！(笑)。

「あの、せっかく直していただいたんですが……」

「うんまぁねぇ、玉川さんね、……ちょっとね……重いから」

「すいません！　どうも」(爆笑)

その翌日のことでございます。朝早くに大家さんから電話がありました。

「もしもし、玉川です」

「ああ、どうも、どうも、大家ですけどね。あのね、早くから申し訳がないね。ちょっと訊くけど、玉川さんね、今日、自転車に乗る？」

「えっ？　なんですか？」

「今日、だからね、自転車に乗る予定ある？」

「ああ、乗る予定は……、えっと夕方ぐらいからの仕事なんで、夕方ぐらいに乗りますけど、それまでは特に予定はないんですけど……」

「ああ、よかった、よかった、よかった。あのね、実はね、玉川さん、ちょっとね。勝手にやっちゃったんだけどね。玉川さん、ウチにね、サドルが一つ余っててね(笑)。それと玉川さんのサドルと交換出来ないかなと思ってやってみたんだけど、駄目だったね。素人じゃ上手く出来なくて、……でも、大丈夫、大丈夫。あのね、今、近所のね、自転車屋さん呼んでね。それで、今、付けてもらうということだから、1、2時間、もしかしたら乗れないかも知れないけど、午後には乗れると思いますから、あの、そういうことでした。失礼します」

「ちょっと待ってください（爆笑）」

「……はい？　はい。ごめん、ごめん、頭がちょっとまだ寝起きだったら、ごめんなさい朝早くから……」

「いや、そうじゃないんです。そうじゃなくて、寝起きとかじゃなくて、何かちょっと何か、……よく、ちょっと、もしかしたら聞き間違いかなというところが……、ちょっともう一回いいですか？　ちょっと、よく分からなかったところがあって……」

「え～、どこが分からなかった？　じゃぁ、もう一回最初から話そうか？　うん、だからね、玉川さんね、あのね、ウチにね、サドルが一つ余っていてね。そのサドル……」（笑）

「そこなんです！（爆笑）……そこなんです。サドルがぁ、サドルが一つ余ってるう？」

〽余ったサドルってどういう状態ぃぃぃ（爆笑）
説明されても全然分からない
サドルが一つ余っている　その状態は全く見えてこないが
これが　下町の　粋な人情ぉぉぉ

自転車屋さんの手によりまして、サドルの交換は無事に成功しました。ところが！　その自転車がですね、それからわずか数ヶ月後に、近所の三ノ輪という駅のところで大変な目に遭ってしまうという、本当にここからが面白い『サドルの最期』という話に入りますが！

〽ちょうど時間となりました（爆笑・拍手）　また今度と願いましょうぅぅぅ〜
まず　これまでぇぇぇ〜

どうも、ありがとうございました（拍手）。

休憩時間物語

2018年2月10日 『渋谷らくご』
曲師 玉川みね子

〽ときは平成30年2月3日 栃木県の小山市(おやま)ぃぃぃ
節分祭の余興へ行ってきましたぁぁぁ その一行は 奇術
ジャグリング［*1］ 紙切り［*2］に 浪曲 漫談という一座で
昼夜2回公演する仕事の
その昼の部と夜の部の休憩時間の物語を！（爆笑）
時間来るまぁぁあでぇぇぇ でぇぇぇ でぇぇぇ（爆笑）
務めましょうぉぉぉ（拍手）

都心から車で約2時間ほどでございます。栃木県小山市にある須賀(すが)神社という、
こちらの神社で2月3日といえば、全国中のですね、この神社というところで節分
豆まきが行われているんですけれども、その中で芸人を招いてですね、参拝のお客

［＊1］ジャグリング……元はボールなどの道具を三つ以上使い、中の一つが常に空中にある状態にする技芸のことを指していた。現在はスティックやいくつかの箱やヨーヨーなどを使う曲芸全体を指す形となっている。

［＊2］紙切り……寄席やイベントなどで白い紙を巧みに切りとり動物や景色などの形をシルエットで見せる演芸。

様に豆をまいたり、またその参拝している参道のところのですね、神楽殿のところで演芸をして、奉納演芸というんですけれども、参拝のお客様の……、何というんでしょうかちょっとした楽しみですとか、お祭り全体を盛り上げるような、そんな役割で呼ばれるという仕事が、この全国各所であると思うんですけれども、この小山須賀神社の凄いところはですね、なんと50年以上に亘って浪曲師を呼んでくれてるという。これは、今では、もう日本にそれだけ続いてるとこは、ないんじゃないかなという仕事でございまして。先ほど申し上げましたマジック、ジャグリング、そして紙切り、そしてトリを務めるのが、今まではずっと浪曲で、……その、ですから一座。まずは座頭というのが、わたしにとりまして、芸の上で大叔父さんにあたります玉川桃太郎[*3]という師匠だったんでございます。大叔父というのは何かというと！

〽師匠の　師匠の　師匠の　おおぉぉぉ〜　弟子のことぉぉぉ〜（爆笑）

その桃太郎師匠が、もう50年に亘ってですね、……特にこういう意味のないところで唸りますからね（笑）。50年に亘って行っていた仕事なんですけれども、3年前にこの桃太郎師匠が91歳で亡くなられまして、そのあと、この座長を務めている

［＊3］玉川桃太郎……浪曲師。1940年二代目玉川勝太郎に入門し桃太郎。三代目玉川勝太郎の兄弟子にあたり、大福の師である福太郎はこの三代目勝太郎の弟子である。2015年91歳にて逝去。

のが、その奥様で、三味線弾き曲師の玉川祐子師匠［＊4］。今では、95歳なんでございます。

演者の手配、芸人の手配から、今ではですね、浪曲ではなくなったんですけれども、ご自分が三味線を弾いて、わたしよりも後輩の若手、港家小そめ（みなとやこそめ）［＊5］という女性浪曲師と、この2人でですね、浪曲漫才でトリを務めるという、こういう一座になって、もう早3年という……、14時から、18時からというこの2回公演するという訳なんです。

もう半ばね、外みたいな状況ですから、例年とても寒いんですけれども、今年はね、雪が多かったりして、もう気温も低かったりする中で、その日は幸いというんでしょうか、風がなくてですね。「ああ、思ったより良かったね」なんて、わたしは何してたかというと、この司会という役目で、司会進行をいたしましてですね。昼の部は無事に終わって、今年は久しぶりの土曜日開催だったんで、「お客様も多かったね」なんて言いながら、その神楽殿から休憩所に向かっていく。その休憩所というのが広い境内の片隅にですね、古～い立派な昔の社務所みたいなものがあって。今、そんなに使ってないのかも知れないんですけれども、その一室を休憩所として使っている訳なんです。

その古い建物、年季の入ってるその入り口のところがですね、ですから、もう1

［＊4］玉川祐子師匠……曲師。1922年生まれ。1940年浪曲師・鈴木照子に入門したが1942年曲師に転向し高野りよとして活動。後に故・玉川桃太郎と結婚し玉川祐子に改名。現在102歳、現役最高齢の曲師である。

［＊5］港家小そめ……浪曲師。2013年五代目港家小柳に入門し小そめ。2018年師匠小柳が逝去のため、玉川祐子のあずかり弟子となる。

00年ぐらい経ってるような、そういう建物なのかも知れないです（三味線）。

〽木の古い引き戸のところに　毎年毎年同じ貼り紙がしてあり
白い紙に達筆の墨文字でぇぇぇ
「東都芸人お控え所」とある！
「東都芸人お控え所」ぉぉぉ（笑）　東都ってぇ　東都ってぇぇぇ
東都ってぇぇぇぇぇぇぇぇぇぇ　東都ってぇぇぇ（笑）
何だろうぉぉぉ～（笑）

って、毎年思うんですけれども、まぁ、辞書とかで調べますと、江戸の雅称らしいんですけれども、ですからもう50年前……、それ以上前からなんでしょう。もう東都というその言葉に、まぁ、その歴史の深みを感じたりしながら、休憩室に入りましてですね。広さで言うと十五、六畳、いや二十畳弱ぐらいあるような一間を芸人一行で使う訳なんです。で、メインの大きめのテーブルがあるところは、座長でございますから、その曲師の祐子師匠、それから、その一応ね、浪曲がメインということになってますから、わたくしと後輩の港家小そめ、3人でその広いテーブルを使わしてもらって、その脇のほうがですね、俗にいう色物の先生方が集まって脇のほうに小さく固まってる。そういう二手に分かれてるんでございます。

　そこでね、毎年出てくるのが、柿ピーにね、草餅ってのが毎年その休憩時間に、何て言うんでしょうね、与えられるんですね（笑）。で、それを食べながらですね、わたしの目の前に50センチぐらいの距離でもって、その95歳の祐子師匠が座って、その柿ピーなんかを食べながら、まぁ、とにかくお元気な師匠でございますから、

「やっぱ、あれだねぇ、太ちゃんね……」

　わたしね、太ちゃんと言われてましてですね（笑）、

「太ちゃん、あれだねぇ、やっぱあれだなぁ、下でやっぱどんなにお稽古してても、あれだな。舞台の上に出ると幾らかあれだな……、緊張するな、やっぱこれでも、やっぱアガるな」

　なんて仰るんですよ。もう95歳で芸歴80年ぐらいの師匠なんですけれども（笑）、それだけ真摯に舞台に上がってね。「今でも緊張する」ってことなんだろうなと思うんです。けれども、その一方でね、港家小そめって、わたしよりも後輩と演ってる浪曲漫才っていうのは、桃太郎師匠が亡くなられてから祐子師匠が92歳で始められた芸なんですね（笑）。

　ですから、

「幾らか、どんなに長く演ってても、太ちゃん、やっぱりあれな……、舞台へ上がると幾らか、やっぱ私もアガるな」

なんていうのを聞きながらですね、「祐子師匠、でも、それ、割と最近始めた芸だからかも知れないですね」なんて（爆笑）、心の中で思いながら……、でもそんなこと言わずにですね、聞いてるんです。

で、まぁ、祐子師匠ってのは本当に何て言うんでしょう。人への感謝を忘れないような温かい師匠でございまして。それから話しをしながら、「今年は割と暖かいな」なんて話しをしたりしながら、毎年、毎年必ずその状況でですね、わたしに対してその場に限らずなんですけど、わたしと一緒のときにその玉川祐子師匠が辿り着く話ってのが、

「でもな、太ちゃんなぁ、私は本当にな、太ちゃんだけが頼りなんだよ。本当になぁ、太ちゃんが頼りなんだ、私は。太ちゃんと居るとなぁ、本当に、元気貰うんだよ。声聞いているだけで、幾らか元気が出てくるんだよなぁ。本当なんだよ。……いやいや、これ、変な気持ちじゃない！（笑）。変な気持ちじゃない！（爆笑）。変な気持ちじゃないので、ちょっと手握らしてもらうけどな（爆笑・拍手）。変な気持ちじゃないんだよ。本当、元気が出るんだ、変な気持ちなんか、一つもないんだ！！」（爆笑）

と、言われるとき、毎回、わたし心の中で思うのが（三味線）、
〽あぁぁ　もうぅぅぅ　変な気持ちでもイイぃぃぃ（爆笑・拍手）

もう95歳の師匠に、変な気持ちで思ってもらえたら光栄ですから、もう（爆笑）。「変な気持ちでもイイんですよ、お師匠さん！」って思いながらですね（笑）、「元気が出るんだよ」っていうのをですね、もう毎回会うたびに言われて……。そんときもね、もう、もう、本当に素直な気持ちで仰ってくださってて、そこからまたね、必ず辿り着く話っていうのが、

「私はなぁ、もう、桃太郎にも先に逝かれてな、年とった婆さんが、こんなんしてなぁ。毎年来させてもらえるっていうのも、……いや、いや、もう足引っ張ってるって気持ちは、もう凄くあるんだけれども、こうして一緒に来させてもらえる。本当にありがたい。もう、私が頼りにするのは、今じゃもう、太ちゃんと小そめだけなんだ。本当に2人が、もう本当、他の浪曲のなぁ、いろいろ世話なってる人いっぱい居るけれども、私が本当に頼りにしてるのは、太ちゃんと小そめだけなんだ！あんたたちのためなら、私どんなことだってしたいと思っている！　本当なの！どんなことだってしていいと思ってるんだよ。あんたたち2人だけが頼りなん

だ！！」

50センチぐらいの距離で聞かされる訳だから（爆笑）、もう、しかも祐子師匠ってのが、今はまぁ、曲師なんですけれども、元々が広沢虎造［*6］っていう、もう、これ以上ない有名な浪曲の師匠に弟子入りしたかったという方ですから、もの凄い芸のことが深く分かってってですね、もうちょっとしたこのセリフ回しなんかは、その辺の下手な浪曲師より、ずっと心を鷲掴みするような芸なんです。

しかも浪曲黄金期を知っている。大劇場を埋め尽くしていた浪曲師の時代を知ってるんで、やっぱり芸が大きいんですよ。もうこのシブラク［*7］のキャパじゃ足りないくらいの（笑）、もう千人くらいのキャパで、その千人のお客様の心を鷲掴みにするようなそのセリフの調子で、

「太ちゃんだけがなぁ！！！　（爆笑・拍手）。太ちゃんだけがなぁ！！！　頼りなんだぁ～！！！　太ちゃんだけがなぁ！！！」（笑）

50センチで、この剛速球投げられてぇ、

〽わたしには　投げ返せるぅぅぅ　球が無いぃぃぃぃ～（爆笑・拍手）

すみません、お師匠さん。投げ返せませんせん……。師匠の投げてくる球に釣り合わ

［＊6］広沢虎造……浪曲師。１８９９年生まれ、二代目広沢虎吉に入門、１９２２年二代目広沢虎造を襲名。三代目神田伯山のネタ『清水次郎長伝』を弟子の神田ろ山から習い、これを独特の節回しで自らのものとし、折からのラジオ普及のおかげで大人気を博した。あの森の石松の有名なセリフ「江戸っ子だってねえ、寿司食いねえ」は知らぬ者はいないほどだった。

［＊7］シブラク……〝渋谷らくご〟の略称。会場のユーロライブのキャパは、１７８席。

ない会話ってのは、やっぱキャッチボールですから……。それに見合う、熱量のものを返したいんだけれども、やっぱ投げ返せるだけのわたしは芸がありませんよ。でも、やろうと思えばね。

「太ちゃんと小そめだけがなぁ……」

って、言われたときに、

「いえ、何を仰います、祐子師匠ぉぉ（爆笑）！　あたしだってねぇ、師匠福太郎に死なれてぇ、今こうして浪曲続けられるのは！（爆笑）、桃太郎師匠と祐子師匠に稽古をつけていただいたおかげじゃありませんか（爆笑）！　あっしだってねぇ、祐子師匠のためだったら、何だってしてぇと思っておりますよぉ！！！」（爆笑）

このくらい返さなきゃいけないの（爆笑・拍手）。……でも、でも、……返せない。なぜかぁ！

〽だって　ちょっぴりぃぃぃ〜　恥ずかしいぃぃぃぃ（爆笑）

と、いうのはですね、いや、２人きりだったら返せるんですよ、２人きりだったら。でも、もう千人のお客様を鷲掴みにする啖呵、セリフ回しですからね、わたしとその小そめだけじゃない。しかも小そめはね、ズルいのは師匠の隣にいるから、剛速球は基本的にわたしのとこだけに来るんですよ（爆笑）。「兄さん、なんとかして」って顔でずっと見てくるんです（爆笑）。

で、わたしはでも、2人きりだったらセリフ、そのいやボールね、下手でも何とか投げ返したいと思いますけれども、何しろ鷲掴みする芸ですから、テーブルは違いますけれども、少し隣の離れたところに居る色物の先生たちも、全員が耳をピーンと傾けてね（爆笑）、もう鷲掴みにされてるんです。当然、千人を摑むんですから、もう4人摑むぐらい、なんてことはないんですよ。

もうそれでね、何となく4人で固まって話してるように見えながら、こっちの祐子師匠のセリフに聞き入ってて、「じゃぁ、この未熟な浪曲師は、どんな球返すんだ？」ってね、もうオーディエンスと化してわたしの出方を待ってるんです（笑）。だから何かそこでね、わたしが「祐子師匠！」って演ったって、「……何だ、あの野郎、嘘臭い芝居してやがる」って、思われてもねぇ（爆笑）。芸が至りませんから、わたしは千人を摑めないですから、そこで、どうしたら、イイんだ？　どうしたら、イイんだ？　真正面から祐子師匠の剛速球が飛んでくる！　その中でぇ、

［ＱＲ04］

〽思わず！　表へ飛び出したぁぁぁ

当ては無いけど神社を出て

［QR 04］

どっか近くの喫茶店にでも入って一呼吸おこうかと
小山駅のほうに10分ほど当てなく歩いたそのときに
見つけましたあたりからポツンと目立つ　とてもとてもお洒落なカフェ
何となくその剛速球からの解放感と
外に出た寒さのせいでしょうか　思わず催してまいりましてぇぇぇ
トイレを借りがてら　お洒落なカフェへと入りました
どのくらいお洒落なカフェかと言いますと　ぱっと見た時計がぁぁぁ
今何時なのか？　分からない！！！（爆笑）　L字形のカウンター
4人掛けのテーブル席が三つある　広くはない店内だが
そこに巨大な焙煎マシーン　そしてこれがお洒落の極み
なんと店内のぉぉぉ　店内のぉぉぉ　店内にあるぅぅぅ　店内にあるぅぅぅ
椅子が　全部ぅぅぅ　違う店ぇぇぇぇ（爆笑・拍手）

ね、たまにありますでしょう？　置いてある十数脚の椅子が全部違うという、そんなお洒落なカフェに、何気なく入ったんですね。先ほどの東都芸人お控え所が嘘のような、静まり返ったお洒落なカフェで、シュッとした30過ぎぐらいの背の高いイケメンの店長が1人でやってるような……、入った感じだとカウンターに座ってる男の人と、テーブル席のほうに来ている3人組……、ちっちゃい男の子を連れた親子連れでございます。みんなが顔見知りみたいな雰囲気で……。とりあえずここであんまり時間はないんだけれども、一息だけつこうと思ってですね、何しろトイレに行きたくなったので、席に荷物だけ置いてですね……。それが狭い店内のちょっと奥のほうでL字形のカウンターにすぐ近いところで、そこからすぐ2メートルぐらいしか離れてないところにトイレがありまして。狭い店内ですから、トイレに入ったらドアが奥にあって、手洗い場があって、さらにその奥にトイレがあるとかじゃない。トイレの扉があって開ければすぐ便器という、そういう距離感でございます。そのトイレの入り口からキッチンは、もう、もう、1メートルちょっと、あるかないかという……。そのくらい密接した距離にありまして、「後で注文します。すいません。先にトイレ……」と言ってですね、トイレのドアを開けました。その開放感……、身も心も緩んだせいでしょうか？　まさか、あんなことが起こるとは……（笑・三味線）。

［QR05］

〽催したのは　大ではなくてぇぇぇ　小のほうぅぅぅ
わたくし玉川太福は　小のときも　座る派でぇぇぇ（笑）
3年前から座る派ですぅぅぅ（爆笑）

［QR05］

ズボンを下ろして便器に腰を下ろしたそのときに
小と一緒に　おならが出ましたぁぁぁ
落語的に言うと　転失気(てんしき)［*8］が出たぁぁぁ（爆笑）
それもただの転失気じゃなく　とても乱暴な転失気でぇぇぇ
お洒落なカフェではNGの　絶対してはいけない転失気ぃぃぃ
そんな転失気許されるのは　高速道路のサービスエリアか（笑）
巨大な駅の構内のトイレか　とにかく不特定多数の人が
一瞬で　すれ違い二度と会わないぃぃぃ（爆笑）
ときだけ許されるぅぅぅ　転失気でしたぁぁぁ（爆笑）

まあ、あんまりねぇ、……その音でね、それを再現すると下品になりますから、……もう十分下品だと思っている方が居るかも知れませんけれど（笑）、まぁ、そのぅ、例えばおならを言葉、セリフ、会話で表現すると……。そんなつもりはなかったけどちょっと出ちゃったってときは、「あっ、ごめん」っていうね、「ごめんなさい」って、そんな言葉にすると、そんなふうに……。「あっ、出ちゃったぁ」って、その言葉に翻訳出来るようなおならってのは、やっぱあると思うんです。思わず出ちゃったという、意図しなくても……。で、そのときわたし、全くその予兆す

［＊8］転失気……落語の演目。和尚は医者から「〝てんしき〟はあるか？」と訊かれたが意味がわからず「ない」と答えた。ただわからぬままは困るので小僧に〝てんしき〟を借りてこいと言い付ける。ところが小僧も〝てんしき〟の正体を知らないのであちこちを訊きまわるが誰もわからず、医者からようやく〝おなら〟のことだと教えられた。ここから知ったかぶりの大人へ小僧のかわいい復讐が始まる。

ら感じてなかったんで、いきなりハァッ！　って出てしまったおならっていうのを、セリフで表現しますと……、

〽あぁぁぁぁぁぁぁ～　この野郎ぉぉぉ！（爆笑）

この野郎！　というような。聞いた人によっては喧嘩になるようなですね（笑）、実際本当にあったんです。わたしトイレでですね、小のね、男性の小のほうでは、男同士並んでする訳でございますよ。そうすると、そのとき隣にいた人、またその向こうに1人、3人並んでて、わたしの隣の人が小をしながらおならをプッとね、……ああ、音を言っちゃったね（笑）。そういうヤツをね、ちょっと挑戦的な奴をしたんですよ。そうしたら、わたしのさらに隣にいた人が、「おっ？」って、つまりその転失気をした人に向かって、「おっ？」っていうのをして、で、その人は気がつかないのか、気が強いのか分かりませんけど、それ以上に挑発的な奴をですね、続けてやったんですよ。そしたらその隣の人が、「手前（てめぇ）！」って言ってですね。なんかもう喧嘩になりかねないような……（爆笑）、だからそういう転失気ってのが、世の中にあります。

それが出てしまった。しかも、そのL字形のカウンターと1メートル無い距離

で、……「出られない」とわたし思いましてですね。いや、もう、時間も無いし、ここはもう、「すみません」って顔して出るしかないなと思って出たらですね。そのまあ、お洒落なカフェをやるような人は心も優しいんでございましょうか。トイレから一番反対側のところに立ってですね、常連客の人とですね、カウンターのところで喋っているんです。

それはですね、もしかしたら、「あなたの転失気は聞いてませんでしたよ」っていうアピールをしてくれているのか？　たまたまの、たまたまなのか？　分からない。いやでもきっと、そういうふうにですね、どうぞ、どうぞ、聞いてなかった。聞いてなかったから、そっと席に戻ってください、そういうアピールだろうと、わたくし思いました。

このカフェのマスターには、何とかしてこの短い間出来る限りの恩を返さなきゃ、男の一分が立たないんだ、おれはぁ（爆笑）！　こう思いましたから（三味線）、

〽席に着くとメニューを広げ　一番高いバナナクレープを頼みぃぃぃ（爆笑）
さらに単品のチャイをつけ　それを5分で食べましてぇぇぇ（爆笑）
すぐに神社へ帰ったという　休憩時間の物語は
まず！　これぇぇぇまでぇぇぇ（爆笑・拍手）

大阪へ行ってきました物語　2018

2018年3月10日『渋谷らくご』
曲師　玉川みね子

それでは聴いていただきます。『大阪へ行ってきました物語』を、お時間までよろしくお願いします（三味線。拍手）。
「（客席）たっぷり！」

〽3月5日から　3月10日本日までぇぇぇ
行ってきました　大阪へぇぇぇ
5泊6日のその道中
大阪の　天満天神繁昌亭［＊1］に6日間の出演
夜席は大阪もちろん　奈良や神戸まで　飛び回って公演してきた道中記
その名も『大阪に行ってきました』物語を
時間来るまでぇぇぇ　務めましょううぅぅ（拍手）

［＊1］天満天神繁昌亭……大阪市北区天神橋にある上方落語の定席。2003年に上方落語協会会長に就任した桂三枝（現・六代目桂文枝）の構想が発端で設立が準備され2006年に開業の運びとなった。

天満天神繁昌亭という、天神様のすぐ脇にございます、大阪の落語の定席でございます。そこになんと6日間出させていただけるという……、さらに夜席は今年で2年目、2回目となりました独演会。それから初めての奈良や、え～、神戸やら、まぁ、夜席もほぼ毎日仕事をするという5泊6日の旅の仕事をしてまいりました。が、こういった形は、実は今年が初めてではなくてですね、去年も、5日間、その前も4日間から5日間ぐらい、やはり繁昌亭の昼席と、ばっちり毎日夜席があるという、こういう固まった公演をですね、この3年ぐらいありがたいことに行かせていただいておりまして。ですからねぇ……。もうだいぶ大阪の公演、仕事にも慣れてきました。もう、いろんなことが決まってきます。何年も、何年も行きますから、宿なんてのは間違いなく定宿が出来る訳でございます。

素晴らしい宿なんですね。場所はと申しますと、『天王寺動物園』という大阪にあります立派な動物園で、その近くにあります宿屋でございましてね、宿屋さんがそのあたりはいっぱいありますからね、皆様、大阪へ今度行くことがあって、「宿に泊まろう」と思ったときに、是非そこも候補にしていただきたいなと思うんですが……。そうですね、天王寺動物園のすぐ近くというだけじゃ、ちょっと調べられないかも知れない。こういうときは、最寄り駅を言うしかない。最寄り駅をお伝えしましょう。
天王寺動物園のすぐ近くの最寄り駅の名称（三味線）！
〽あぁぁぁ　その名がぁぁぁ　動物園前ぇぇぇ（爆笑）
今回泊まった宿屋の　もちろん料金唸りましょう
5泊ぅぅぅ6日でぇぇぇ　ぇぇぇぇ　1万2千円んんん（爆笑・拍手）

え〜、大変に素晴らしい価格帯の宿がずらりと並んでおりましてね。まぁ、どういう訳か、滅多に日本人に出会わない場所なんですけれども（笑）。まぁ、定宿も決まっていれば、交通手段なんてのも決まってる訳でございますね。5泊6日で1万2千円の宿に泊まるような奴が使う交通手段なんてのは、夜行バスか何かとお思いかも知れませんが、そうじゃありません。

わたしはですね、毎回、新幹線で行っている訳でございます（笑）。もうね、38になりますから、体力と年齢からくるダメージと天秤にかけるとね、夜行バスってのは、ちょっと耐えられないんです。ですから、毎回新幹線で行くんですけれども、新幹線といっても皆様、新幹線にもいろんな種類の新幹線があることをご存じでございましょうか（三味線）。

〽東京新大阪間は普通指定席で
1万4千円ちょっとしますがぁぁぁ　これが同じ新幹線の指定席でぇぇぇ
なんと片道1万500円になる手段がある！
それがぷらっとこだま号ぉぉぉ

「ぷらっとこだま」［＊2］、これ中に、聴いている方の中には、「ああ、それよく使うよ」って方もいらっしゃるかも知れません。事前予約するだけでですね、新幹線のこだま号に1万500円で乗れるんです。なんならワンドリンクまで付いてくるという……。ただ、「何か落とし穴があるんじゃないか？」と思うかも知れません。もちろんお察しの通りでございまして、東京新大阪間の新幹線は3種類ございます。のぞみ、ひかり、こだまとある訳でございます。これは何が違うかというと、所要時間が違ってくる訳でございまして（三味線）、

［QR06］

〽東京から新大阪まで　のぞみだったら2時間半
ひかりだったら3時間　それがこだまになりますと
なんとなんとなんと　片道4時間かかります

［＊2］ぷらっとこだま……JR東海ツアーズが提供する東海道新幹線、東京・新大阪間のちょっとお得な片道プラン。

［QR06］

新幹線でなぜ遅いぃぃぃ（爆笑）　速度が違うのかぁぁぁ～
いやいやそうじゃありません　同じ新幹線ですからぁぁぁ
走る速さは同じですが　ちょっと停まってる時間が長い
片道4時間その間　大体停まってるぅぅぅ（笑）
1時間んん～（爆笑）

え～、新幹線の旅での醍醐味って何なんでしょうか？　やっぱり、普段車では味わえないような、スーッと去っていく車窓景色ではないでしょうか。っと見ると景色が流れている。これをしかも静かな車内から、サァーッと流れていく景色を眺められるってのが、「新幹線の旅の醍醐味かな」なんて思うんですけれども、こだま号の場合はですね、その車窓をパッと眺めると、大体、あ、停まっている（爆笑）。あ、また停まってる。また、駅か。まぁ、大体停まってるんです。4時間の間ね、1時間停まってますから。ただ停まってたって構わないんです。その分1万500円にしてくれりゃ、そんなのは全然構わない。

なんですけれども、実を言うと、ぷらっとこだま乗ったのはね、嘘偽りはないんですけれども、1万500円では今回なかったんです。実は1万2千円出しましてですね。何て言うか、「中途半端な金額なんだ?」と思うかも知れませんけれども、なんと、ぷらっとこだまはですね、プラス千５００円で、グリーン車に乗ることが出来るんですよ（笑）。

普通2万円弱のグリーン車に、1万2千円で乗れるんですね。これ選ばない手段はないでしょう。でもここでね、グリーン車を選ぶと、別の迷いが生じてくるんです。……1万2千円なら、あと2千円出せば、2時間半で行くことが出来る（爆笑）。ね？　この迷いが生じるんです。

でもこの迷いはですね、わたくしは最近あんまり迷わないんです。時間が許すとき、可能なとき、今日みたいにですね、4時間かけたら間に合わないというときは、仕方ないんですけれども、時間があるときの場合はですね、必ず、時間は遅いけれども、1万2千円のグリーン席をわたしは必ずとるんです。

これ聴いている皆さんの中には、「何を言っとるんだ、おめぇは？　たかだか（芸歴）10年ちょっとの若い者が、グリーン席なんてバカなことを言っているんじゃねぇ！　10年乗るのが早いよ！」なんて思った方もいるかも知れません（笑）。わたくしも、どこか心の中でグリーン席座るとき、買うとき、このスイッチをね、クリックするときに、「なんかちょっと生意気かも」なんていう気持ちがしてたんですけれどもね。

最近、あることに気づいたんです。「いや、オレ、（グリーン車に）乗っていいんだよ」って……（笑）。その気づいたこと、ちょっと唸らせていただきたいと思います（爆笑・三味線）。

［QR07］

〽グリーン席か　指定席かは
芸歴が決めるじゃない　年齢や職業地位が決める訳でもない！
グリーン席が相応しいか決めるのは　それはもう間違いなく
あぁぁぁ　それはぁぁぁ
体型ですぅぅぅ（爆笑・拍手）

わたし、184センチ、83キロあるんですね。しかもですね、筋肉質じゃない83キロなんですよ（爆笑）。ですから体積も、凄く大きいんですよ。しかも水泳とかラグビーやってたなんてのもあるし、それだけじゃない、浪曲師になってからというもの、特にこの上半身、肩回りとかですね、この胸囲ってのがドンドンドンドン発達して、上半身がドンドン巨大になっていくんですよ。

服のサイズは、必ず、日本向けのものだったらXLでも、ちょうどいいか、ちょっとピタッとくるぐらいなんですよ。そういう人間なんですね。それに比べて中肉

［QR07］

中背の男性の方、まぁまぁＬはちょっと微妙かも知れないけれど、服でいえばＭ以下の人たち、それからほとんど全ての女性たち……、そういう方たちにとってのね指定席ってのは、わたしが指定席に座るときの指定席じゃないんですよ（……笑）。そう気づいたんですよ。あなたたちはね（笑）、普段からグリーン席座ってるんだよ（爆笑）！　指定席じゃないんだよ、普段座っているのは（爆笑）。もう、ずっとグリーン席座ってんだ、同じ値段で！　そうだったんですよ、気づいてなかったですか？　指定席じゃないあれは、グリーン席に座っていたんですよ（笑）。

しかもこのＸＬぐらいまでなると、もう普通席もね、普通席と言えないと思います。もうわたしたちにとってのその普通席というのは、

〽普通席　じゃなくぅぅぅ　苦痛席ぃぃぃ（爆笑・拍手）

分かりましたか？　同じ値段を出してね、片やグリーン席に座る、片や、……片やこの苦痛席に座らされてるんですよ。その状況に最近気づいたんです（涙声）。ですから、わたしは、もう1時間半、ね？　時間が余計にかかる。早起きしなくちゃならないとなっても、こういう場合はですね、必ずグリーン車に、「ぷらっとこだま」に乗るようにしております（三味線）。

〜朝7時56分　東京発こだま号
いよいよ東京を出発したぁぁぁ

ようやく物語が進みました（爆笑・拍手）。やっと東京を出ることが出来ました。さぁ、旅の醍醐味ってのは何でございましょうか？　やっぱり、そんなにお腹が減ってなくても買いたくなる駅弁ではないでしょうか？　なぜでしょうね？　新幹線に乗ると、そんなにお腹が減ってなくても、なんか駅弁食べなくちゃ損という、そういう気がする。朝早くてもね、もう開いているんです、その東京駅の駅弁コーナー。で、もう、１００種類ぐらいの駅弁がある中で、……選べない、選べない。そこでどうしても、毎回手にしてしまうのが、毎回決まってるんです。

８３０円の黄色い四角い箱……。どうしても、わたし手に取っちゃう。崎陽軒のシウマイ弁当（笑）。いつでも食べられるじゃないか？　でも、どうしてもそれを手に取ってしまうんです。そのときも手に取りました。座ってすぐ食べたいかっていうと、なんかそうじゃないでしょう。景色がちょっと変わって、「東京を出たな」って頃に食べたくなる。

ですから1時間ぐらい乗りまして、食べようといたしました。こだま号のグリーン席、え〜、グリーン席は、どこもそうなんですけど、こだま号の場合はですね、やっぱり同じく席がね、離れてますから、通常ですと前の席の背もたれのところにテーブルがありますでしょう?　それをスゥーッと下ろして、そこにお弁当を置くんですけれども、こだま号の場合はですね、その前のところにですね、あれ付いてないんですよ。

で、どこから机的なもの、……テーブルを出すかというと、ひじ置きの中にそれがしまわれていて、それを出して、パタッて二つに畳んである奴をパッと広げるんですね。そこにシウマイ弁当、……1時間経って景色が変わってきた頃に置きました。

で、……開けるシウマイ弁当ね、これ何ヶ月に1回ぐらいしか、お目にかからないけれども、「何なんだろう?　この食べたくなる感じ!」と思いながら、辛子をまずピッて破きまして、で、シウマイはね、5個入ってます(笑)。それにも、まんべんなくね、ちょうど使い切るぐらいですね。全部こうね、上のところにピュ、ピュ、ピュって(笑)、ちょうど同じぐらいの量で、シウマイの表面がね、全て黄色になるぐらいに全部使い切るぐらいに、五つのシウマイに塗りまして、お醤油も一滴ずつぐらいピッ、ピッ、ピッて、こう置いてね。

グリーン席で、前にはシウマイ弁当、辛子も全部塗ってある。外はね、停まってない。こだまが停まってない（爆笑）！　ちゃんと走ってる！　走ってる間に、食べたいやっぱり。その状況を見たとき、わたくし、心にこんなふうに思いました（三味線）。　［QR08］

〽あぁぁぁ　生きてて良かったぁぁぁ
お父さん　お母さん　ありがとうぅぅぅ（爆笑）
この世に　産んでくれて　ありがとぉぉぉ
新潟出たのが18歳　それから20年経った今
長男のわたくしは　こだま号のグリーン車で（笑）
シウマイ弁当前広げ　この状況見たときに
思わず感極まりまして　箸を片手に
弁当眺めております　そのときに　こだま号はよく停まるぅぅぅ（笑）
スーッと停まったそのときに　スーッとぉぉぉ
弁当がぁぁぁ　落ちましたぁぁぁ（悲鳴・爆笑・拍手）

……凄く落ち着いてました、そのとき（爆笑）。なぜかと言うとね、これと全く同じ経験をね、1年前にしてたんですよ（爆笑）。

［QR08］

やっぱり、こだまグリーン席でした。やっぱり、シウマイ弁当でした。一口も食べる前にスーッとね、いったんですよ。だからね、スーッといったときに、「あっ、また慣性の法則？　あ、また？」、なんかそれくらい落ち着いてたんですよ。だから、「あぁあぁあぁ！」とかならないんですよ。

……ふう〜ん、またかぁ……、みたいな……。ふう〜ん……。どうかなぁ？　去年はちょうど真っ逆さまにひっくり返ってたけど、今年は2回目だからなぁ、クルッと回って、もう1回転して、弁当そのまんま、シウマイがこっちに見える側で落ちてないかなぁ？　確率で言えば、2分の1で、……それもあるよな。裏表でしょう？　みたいな感じで、パッと見たら、やっぱり裏だ、また駄目だぁ（爆笑）。ふう〜ん、2分の2で裏なんだ（笑）。

で、落ち着いてますよ。本当に、落ち着いていて。わたし、そのとき履いてる靴というのがですね、ベージュのね、スエードの靴だったんですね。足のサイズが28で大きいんですよ。甲がねぇ、ちっちゃい足の方よりも、甲の部分、その平らなところがね、広めに出来ていますでしょう？　そうするとね、綺麗にその甲のところにね、シウマイがちゃんと乗っかっていましてね（爆笑）。

しかもねぇ、素晴らしいんですよ。5個いるシュウマイ、5人が全部ね、黄色を下にして、ちゃんとサァーッ（爆笑）。もうねぇ、接着剤と思ってるのかな？　っていうぐらいのストーンって、黄色い面を下にしてね、乗っかってましてですね。……皆さん、あんまり分からないかも知れませんね。中には知っている人もいるかも知れません。参考のためにね、わたくしの経験を元に教えますけれどもね。ベージュのスエードにね、辛子のイエローがね、映えるんですよ、凄く（爆笑）。凄い映えるの。「いいなぁ」って感じのね（笑）。

だから、「あぁっ！」とかにならないんです。ごくごく、落ち着いた気持ちで、「……おい、おい、おい、シウマイたち、シウマイたち、お前たち。……お前たち、いくらベージュのスエードが気に入ったからって、お前、そこは乗っかるところじゃないぞ」なんて言いながらね（笑）。1個、1個シウマイを取りまして、傍らに置いてね、ビニール袋の中に、丁寧な手つきでポンポンポンポンって五つ入れました。そのとき、わたしの心に浮かんできた気持ち唸らせていただきます（三味線）。

〽あぁ慣性の法則よ　無くなれぇぇぇ（爆笑）
この世から慣性の法則無くなればいい
ベージュのスエードは辛子まみれ
これから5日間　その辛子まみれでどう過ごすのかぁぁぁ

ちょうど時間となりました（爆笑・拍手）

ぷらっとこだまのグリーン席　テーブルちょっと斜めです

大阪ぁ！　行ってきました物語はぁぁぁ　まずこれまでぇぇぇ～（拍手）

どうもありがとうございました。

佐渡へ行ってきました物語

2018年5月13日　ユーロライブ『渋谷らくご』

曲師　玉川みね子

え〜、一昨年のお話でございます。『佐渡に行ってきました物語』、どうぞお時間までよろしくお願いします（三味線・拍手）。

〽2016年8月26日から　3日間
行ってきました　佐渡島へぇぇぇ
新潟から船で1時間　佐渡島の小木（おぎ）というとこで
3日間口演してきた道中記　題して『佐渡へ行ってきました物語』を
時間来るまでぇぇぇ　務めましょううぅぅ（拍手）

ここ東京から佐渡への行き方というのは、二つありましてですね。いずれも、新幹線を使うんですけれども、一つの手段というのは、上越新幹線でもって終点の新潟まで行く、そこからフェリーで1時間または2時間半かけて佐渡に渡る。

もう一つはですね、新しい北陸新幹線に乗りまして、新潟の直江津(なおえつ)というところを経由して、そこからやっぱりフェリーで約1時間かけて佐渡に行く。この2通りのパターンがありまして、それぞれ船で着く場所が違うんですね。その2年前のときに行ってきたというのは、その直江津経由のほうでございまして、

〽着いたところが佐渡の左下の　小木というところぉぉぉ
小木は佐渡の左下ぁぁぁ　小木はぁ佐渡のぉぉぉ
左下ぁぁぁ（爆笑）

そこへ行ったんですけれども（笑）。行きましたのは、わたくし、そして三味線のみね子師匠、松之丞さん［*1］、そして女性のスタッフの方、この4人で東京から向かうんですね。6時43分、上野発。ホームで待ち合わせる訳でございまして、指定席でございますから、みんなバラバラに来たって同じ車両の乗り場んとこで顔を合わす訳でございます。わたしは出発の15分ぐらい前にですね、ホームに着いたら、もうみね子師匠も、その女性のスタッフの方も着いておりました。

「どうぞ、3日間よろしくお願いします」


［＊1］松之丞さん……講談師神田松之丞、現・六代目神田伯山。2007年三代目神田松鯉に入門し〝松之丞〟。2020年真打に昇進し六代目神田伯山を襲名。絶大な人気を誇る講談師。

「こちらこそ、よろしくお願いします」

なんという挨拶を済ませて、……5分経ち、出発の10分前。そして出発の5分前、3分前、1分前になっても、松之丞さんが現れないんですよ。

「あれ？　松之丞さん、大丈夫でしょうか？」

「……はい、多分、大丈夫だと思うんですけど……」

女性のスタッフの方がこう言うんですね。言ってる間に、まだ新しい新幹線がホームに入ってくる。プシュ〜、ドアが開いて中に入る。シューッとドアが閉まる。出発をする。……松之丞さんが現れないんです。席に着いたときですね、本当はこんなこと考えちゃいけないんでしょうけれども、わたくしの頭の中に一つの考えがふつふつと湧いてしまったんですね。

……あれ、あれ？　これ、もしかして、松之丞さんだけグリーン車か！（爆笑）いやいやいやいやいや違う。いや、そんな人ではない。そんな人ではない。先方が、もしくはそんなことを提案したとしても、

「いや、他の皆さんが普通で行くのに、私だけグリーン車に乗る訳にはいきません」

こういう人、こういう人……、でも、時間にしっかりしてる人。5分、10分楽屋入りが遅れるときも、必ず電話なり、メールなりで知らせてくる。時間にしっかりしてる松之丞さんがいない。

じゃぁ、グリーン車か？　グリーン車に乗る人じゃない（笑）。でも時間にしっかりしている彼がいない。でも、グリーン車、いや、そうじゃないのか⁉

〜朝6時から心をかき乱す（爆笑）　あぁぁぁ　松之丞ぉぉぉ

憎い人ぉぉぉ

なんて思っております。もしかしたら、この次の停車、大宮あたりで乗ってくるのかな？　なんて思っておりましたら、そうですね、出発して3分、5分ぐらい経ったときに、通路を歩いてくるのは、釈台の入った大きなリュックを背負った、……汗だく、もう一席演ったあとのあの滝のような汗を流したような松之丞さんが、

「はぁ、はぁ……、すいません、遅くなりました」

「ああ、よかった。来た」と。で、席のほうがですね、隣り合わせではなくて、4人が縦に並ぶっていう感じで手配されていましたんで、

「遅刻？　遅刻？　寝坊しちゃった？　寝坊しちゃった？」（爆笑）

なんて、こんな会話を交わす訳もなくですね。ただわたしの前に座った松之丞さんの後ろ姿を見詰めながら、「グリーン車って思って、ゴメン（笑）。ゴメン、許し

て。ゴメンね」なんてことを心で思いながら、約2時間の旅。で、乗り換えるところというのは、上越妙高という。これは終点ではありませんから。新幹線の停車駅というのはどんなもんでしょう、2分、3分も停まらないもんじゃないでしょうか？　つまり停車する前には、いつでも降りられる態勢になって、準備をして、なんなら気の早い人なら、もうドアの前に立って停車するのを待つというのが流れかと思います。

もう、そろそろこの上越妙高に着くぞというときになってですね。ちょっと、ひょっと、前の席を覗いたらですね。もう、汗だくでございましたから、その体温を下げたかったんでしょう。アイスクリームの殻かなんかが転がっておりましてですね、松之丞さんの席に。で、iPadを広げて、そこに静かに何か打ち込んで、仕事してるんです、……そんな合間も惜しんで。だから、声をかけにくい状況な訳ですよ。

「あの、松之丞さん、もう、次……」

「ああ、分かってます！　分かってます。分かってます。大丈夫です」

って、こうなるのが嫌だから、声をかけずに、「分かってんだろうな」と思って、……見詰めてて、でも、もう着くんだけどなぁ、どうかな？　声かけようかな？　でも、分かってます！　分かってます！　分かってますって、その仕事を折るのが嫌だから（爆笑）、折りたくないから……。でも、どうかな？　でも、今のままの何も用意してない状態だと、ちょっと降りるの、ちょっと慌てちゃうよ（笑）。でも、気づいてる？　もうすぐ着くんだよ（笑）。もうすぐ着くよ。でも、声かけたほうがいいか？　どうかけようか？

〽あぁぁぁ　松之丞ぉぉぉ　憎い人ぉぉぉ　2回目ぇぇぇ（爆笑）

こんなふうに思っていてですね、いよいよ上越妙高駅に停車するというときになっても、まだ一心不乱にやってたんで、「あ、気づいてない」と思いましたから、「松之丞さん、もう次で降りますよ」

「あ、あ、そうですか」

そこで本当に気づいてね。それから慌てて仕度。それで新幹線が停まります。もう我々3名が先に降りる。で、そのホームに降りて、中の窓越しにやっと今片付けてる松之丞さんの姿が見える訳ですよ。「大丈夫かな？　大丈夫かな？」と思ったけど、急いで飛び出してきた。「ああ、よかった」と思ったら、何を思ったか、松之丞さんが、釈台とかが入った大きな荷物をバーッて下に置いて、またその新幹線の中にダァーッと走っていったんですよ。

もう出るというのに、まだ走っていって、その窓に彼の姿が見えるんですよ。もう完全に見送る人と、見送られる人みたいになっちゃったんですよ（爆笑）。「いや、一緒に行く人なんだけど」と思いながら（爆笑）、ギリギリで松之丞さんがバァーッと出てきて、

「すいません。新幹線のチケット忘れました」

〽もぉぉぉ　松之丞ぉぉぉもぉぉぉ（爆笑）

「すみません、兄さん。普段、こんなんじゃないんですけど……。なんか、今朝、ちょっとおかしいみたいです。すいません」

「いいです、大丈夫、大丈夫。全然、そんな心配しないで、大丈夫です」

と、このときは、そう彼の言葉通り、「いつもの松之丞さんじゃない、本当に、本当に、たまたまのことなんだ」と、このときは思っておりました（三味線）。

〽それからは何事も無く　佐渡に着き
昼食を済ませて向かった先はぁぁぁ
元々は醤油と味噌を作っていたその場所で

そのあと旅館として経営したが　10年前に廃業し
今は何にも使ってない　その建物を借りまして
大広間に高座を作り　前日たった1日の特急の仕込みで完成した
その名はぁぁぁぁぁ　小木演芸場ぉぉぉ

という架空のそういった演芸場を拵（こし）らえていたということなんですね。小木という町は、船が着くところですから、港町なんですけれども、すぐ陸のほうは山がある。ですから海と山に囲まれて、大自然の中に囲まれて、その中に僅かに道路があって、僅かに民家がある。僅かにその商店みたいなところもあるんですけれども、もちろんコンビニなんかはない。駅から歩いていく道でございますね、何と言うんでしょうね、「映画のこれはセットかな？」というような、そんな昔からあるような郵便局、ええ、もちろん今はやってないんです。でもそれが廃墟と化しているかというと、そうじゃない。その郵便局の中に、多分今朝干したんだろう洗濯物なんかが干してある。つまり、その歴史と、今生きてる人の血の両方が通ってるような、何とも言えない町並みなんですね。小木演芸場も、元々持ってる歴史に加えて、幟（のぼり）やら提灯やら、この日のために作ってくれた、何とも言えない風情でいい仕上がりなんですね。

で、番組がどういうのかというと、わたしの浪曲、それから松之丞さんの講談、そして今、佐渡にしか残っていない浪曲、浪花節のご先祖の一つでございます『ちょぼくり』というですね、本当に絶滅寸前で1組しかいないという、その話芸が2人で演るんですけれども、佐渡に唯一残っていて、その人たちがまず出る。続いて出るのが、これももう絶滅に瀕している『瞽女唄（ごぜうた）』という。これも僅かに継承してるその希少なお1人、新潟に住んでる人がその2番手で出る。そのあとが講談。そしてわたしという4組で、初日のみ1公演。で2日目と3日目は、午前と午後の部の2公演、全てで5公演という番組で。

初日の午後の部までに、ちょっと時間がありましたんで、初めて来る場所でございますから、わたしも松之丞さんも、携帯片手にですね、散策をして、別々にですよね。その郵便局を撮ったり、何か良い町並みがある……、わたしで言えば、「なんかレトロな面白い床屋さんだ」なんて、そんなものを撮ったり、お互いがその写真を撮ってツイッターにあげる。お互いにツイッターを経由して、「ああ、松之丞さん、今、こんなところにいてこんなものを撮っているんだ。へぇー」なんて、お互いに知る訳でございますね。その日の初回の公演は、無事盛況で終わりまして、夕飯を食べてるときに松之丞さんが、

「兄さんが、写真であげてました、あの『キング』っていう床屋さん、あれなんか

イイですね。あそこに、ちょっと明日行ってみようかな？　ちょっと切ろうかな……」

「あっ、本当？」

「ええ……、でも、明日やってますかね？」

「そうだなぁ、明日は土曜だからやってんじゃないすか？」

「そうかなぁ、じゃぁ明日行ってみようかな？」

なんていうふうに、その場は何となく、そんな会話をして、疲れもありましたから、夕飯を済ませたら、それぞれ部屋に分かれて、その晩はすぐに横になりました（三味線）。

〽あくる朝にとなりまして　会場に行って準備を済ませ
まだまだぁ時間がぁ余っていた　そこで松之丞さんが言いましたぁぁぁ

「兄さん、ちょっと、自分いま『キング』に行ってきてイイですか？」

「ああっ、いいですよ、どうぞ、どうぞ。行ってらっしゃい」

「……でも、こういうとこって幾らぐらいするんだろう？　幾らぐらいだと思います、兄さん？」

「いや、そうだね……。こういうとこだと2千円とか、3千円とか、でも、『キング』だから5千円ぐらいするかもよ」

「いやぁ、5千円はちょっと高いなぁ……。うん、うん、でも、ちょっと行ってきます」

「じゃぁ、じゃぁ、じゃぁ、一緒に行くよ。見送りに行くよ」

というんで、

〜2人並んで会場を出て　徒歩1分のキングの前に着きました
まずはやっているのか？　いないのかぁぁぁ
やっていたとして　すぐに切ってもらえるかぁぁぁ
そんなことを考えながら自動ドアの前に立ち
これが開けてはいけないぃぃぃ　ドアでしたぁぁぁ

ウーンと開く、中を見ると、営業してるし、誰もいない。一番乗り。すぐに切ってもらえる。

「ああ、良かった。じゃぁ、兄さん、ちょっと切ってきます」

「じゃぁ、先に行って、待ってます」

なんていうふうに、『キング』に消えていく松之丞さんを見送って、わたしは楽屋に戻りまして、で、トップバッターのこの『ちょぼくり』という、これ本当に不思議な芸でございまして、釈台のような机ですね。釈台みたいな立派なもんじゃなくて、本当食卓みたいなものを、火箸でバチバチ叩きながら、唸ったり語ったりして、それに合わせて、ひょっとこのお面つけたような人が踊るという、何とも怪しい芸で（笑）。で、もう初日2人で見て、その感想が、

「いや、これ面白いね。5日間、全部見たいね、『ちょぼくり』は」

なんて言ってたんですけれども、松之丞さんが大体入ったのが9時40分で、『ちょぼくり』が始まる開演時間が10時5分。10時5分に帰ってこれなかった。「あぁ、可哀そうに。『ちょぼくり』は今日は見れなかったのかな。まぁ、途中から見えるかな」なんて、思ってて……。で、『ちょぼくり』さんがですね、商売気がないというか、その日はちょっとお客様が少なかったこともあって、本当は持ち時間が15分から20分ぐらいあるのに、もう10分足らずぐらいで、「ありがとうございました」って、やめちゃったんですね。

「あれぇ?」なんて、思って……。で、続いて『瞽女唄』の方が40分演るんですけれども、5分経ち、10分経ち、松之丞さんの出番まで30分ぐらいになった（三味線・笑）。

〽そろそろ30分を切りましたが　まだ松之丞さんは戻らないぃぃぃ
このまま待っててイイのだろうか
でも　もう10分巻きであと20分ぐらいかも知れない
これは一つ様子を見に行こう！
楽屋を飛び出し外に出て　徒歩1分のキングへと向かいます
紫のところにキングの文字がえんじで3文字入っている
その自動ドアの前に立ちぃぃぃ

わたしに浮かんでくるその気持ちというのは、ああ、申し訳ないな。こんなねぇ、自分じゃない、焦っているのは。誰より一番焦っているのは、本人、松之丞さんなんだ。ここで、ブーンと開けたら、「あっ！　兄さん！　今、終わるところ！今、終わるところです。すいません、ご心配かけちゃって……。すいません」って、謝りをもらいに行く……。なんかその……せかしに行くような気持ちで何か、行くのをちょっと躊躇（ためら）うような……、「ドアのところで待とうかな」とも思ったんですけれども、でも、「一応どのぐらいか？　ちょっと状態だけ見ようかな？　謝られんのは嫌だな」なんて思いながら、ドアを開けて入りましたら、手前のところで、オジさんが髪を切ってもらってまして、店主らしき男の人が切っていて、その奥のほうの椅子で座ってというか、横になりまして松之丞さんがちょうど髭をあたってもらっているところで……。だから座ってるっていうか、気持ちよく横に寝てるんですね。パッと入ったら、そのオバさんのほうがわたしに気づきましてですね。で、

「あの、何か?」

「あ、あ、あ、あの、すいません。あのぅ、あと、どんぐらいになりますかね?」

「え~と、あと5分とか10分ぐらいで終わります」

「は、はい、あの、松之丞さん、松之丞さん。あと10分ぐらい……、5分ぐらいかな? どうする? オレ、先に(高座に)上がるかな?」

〽声をかけましたところ　目を閉じていた神田松之丞スッと目を開けてぇぇぇ

「……兄さん、どうします?」(笑)

……訊かれるんだ(爆笑)? 訊かれるんだ、オレが(笑)? しかも、「どうします?」っていう、その彼の表情がですね、なんかどういう訳か、人間が喜怒哀楽を失った完全に無の表情なんですよ(爆笑)。無の表情……、なぜか? まぁ、よ

ほどキングのオバちゃんの髭をあたる技術が良くて、気持ちよくて、もう魂抜かれてしまったのかも知れないけれど、横になって寝そべって、わたしのほうを振り返っている。だからどういう状況かというと、だから皆さんのほうから見ると、（高座で理容椅子の所作）こういう状況なんですよ（爆笑）。

「……兄さん、どうします？」（爆笑・拍手）

「いや、もう、それ答えだから！　その恰好での、それはもう答えだから！」って、心の中で思いました（三味線）

〽あぁぁぁ松之丞ぉぉぉ　憎い人ぉぉぉ（爆笑・拍手）

「……兄さん、すみません」

そこも無表情かぁ（爆笑）⁉　最後まで無表情か、君は？

〽あぁぁぁぁ〜　松之丞ぉぉぉ　憎い人ぉぉぉ

なんて思いながら、なぜか、こちらがちょっと申し訳ないような気持ちになりながら、楽屋へ戻りまして、着替えを済ませる。まもなく、松之丞さんが帰ってきた。

「兄さん、すんませんでした。ご心配かけちゃって……」

「いや、イイんです。イイんです。イイんです」

「本当、すいませんでした」

松之丞さんが帰ってきてくれた。しかも、感情も帰ってきた（爆笑）。良かった！無から帰ってきて、良かったと思いまして……。松之丞さんの前に、わたしが上がるってことを決めましたから、そんな必要はないんですけれども、彼も律儀でございます。申し訳ないと思ったんでしょう。その場で着替えを始めまして、

「いいんです、いいんです。自分が先に……」

それで着替えを終えて準備万端に終わって……。その状況を察してか、いや、察してないはずなんですけれども、『瞽女唄』の女性の方もですね、ちょっと長めに演って、時間通り渡してくれた。で、松之丞さんは完全に間に合っていたんです。間に合っていたんですけれども、まぁまぁ、年季がちょっとしか変わらないわたしが、5回もトリをとり続けるのも、なんかあれだから、

「この流れで、松之丞さん、今回だけはもうトリとってください」

「わかりました」

ってんで、わたしが先に上がって、松之丞さんがあとに上がった。

で、これは本当に楽しいことだったんですね。「松之丞さんが、今、キングに入

りました」なんてのを、写真で撮ってツイッターでアップして……。「まだかな？どんな髪型で帰ってくるかな？」なんていうのを、アップしたりなんかして、「まだ帰ってこない。出番がそろそろなんだけどな（笑）、ちょっと様子を見に行こうか」なんて、「まだ当分帰ってこない。順番逆になりました」なんていうのを、楽しげにね、実況中継をずっとツイッターでしてたんです。

ごくごく無邪気に、楽しくやっていたんです。でも、わたしがその一連のツイートをしてしまったせいで松之丞さんが、松之丞さんが！（三味線）、

〽松之丞さんが2ちゃんねるで叩かれましたぁぁぁ（爆笑・拍手）
その日の夜に2ちゃんねるで叩かれましたぁぁぁ（爆笑）
あぁ何と申し訳が無い　聞いてください
2ちゃんねるの人ぉぉぉ　松之丞さんは悪くないぃぃぃ
松之丞さんは　憎い人だけど
それでも彼は悪くはない　わたしが慌てて代わっただけ
松之丞さん悪くない　キングの散髪時間が長い（爆笑）
キングの散髪はぁぁぁ　1時間かかるぅぅぅ

まぁ、もうね、時間がずいぶん経ってますから、このことで彼が2ちゃんねるで叩かれることはないかも知れません。でも、何かの折にですね、「アイツは、キングに行って順番代わったんだ、あんニャロウ」なんていう話を（笑）、もし耳にすることが皆様ありましたら、「いや、そうじゃないんだよ。こうこう、こういう事情があったんだ」ってことを、是非お伝えいただきたく（笑）、今日はこの話を唸っている訳でございまして……。最後に肝心な情報を一つ唸らせていただきたいと思います（三味線）。

〽キングの散髪料金は（爆笑）
小木の床屋キングの散髪代金はぁぁぁ
あぁぁぁ　4千円んん（笑）
ちょっと高いね。以上、『佐渡に行ってきました物語』はまず！　これまでぇぇぇ

どうも、ありがとうございました（拍手）。

さらば⁉　浪曲コント

2018年10月13日　ユーロライブ『渋谷らくご』
曲師　玉川みね子

〽いよいよ来ました月イチぃぃぃ〜　玉川太福月刊マガジン
時事ネタやら　日常身辺雑記やら
古典などは今日は演りませんんん（笑）本日のお題は
玉川祐子伝！　さらば浪曲コント
時間来るまでぇぇぇ務めましょううぅぅ（拍手）

本日の一席というのは、先ほどタツオさんの前説［＊1］というか、ご挨拶のところでも出ました。つい、一昨日の出来事を唸らせていただくという訳でございまして、10月11日、わたしが所属しております一般社団法人日本浪曲協会にとりまして毎年恒例、年1回の最大のイベント、浅草公会堂1100席のキャパで、行います豪華浪曲大会（三味線）。

［＊1］前説……まえせつ。イベントの開催やテレビの公開収録時にあらかじめその番組やイベントの主旨を観客にわかりやすく説明すること。事前説明。

〽浪曲師はぁぁぁ　浪曲師はぁぁぁ
自分で豪華と言うぅぅぅ（爆笑）

そんな大会がございまして、そこで公演されました一つの舞台、一席というんでしょうか？　この明治から始まった浪曲の長い歴史の中でいえば、史実に残すような特筆すべきような一席では……、なかったかと思います。ですが、わたしにとりましたら、……それを間近で目撃したわたしにとりましては、是非一人でも多くの方に、そのことを知ってもらいたい。伝えたいと思う瞬間がございました。今日は、そのお話をさせていただきます。

主人公は、わたくしの玉川一門の大先輩でございます。3年前に91歳で亡くなりました玉川桃太郎という大先生の奥様で、曲師・三味線弾きの玉川祐子師匠。3年前にその夫、伴侶に先立たれまして、それまですこぶる元気だった祐子師匠が、さらに一層元気になったという（爆笑）。

そんな祐子師匠とわたくしが、どういう訳かその豪華浪曲大会という、もう出演者全員にとっての晴舞台、檜舞台でもって、わたくしと祐子師匠が、浪曲ではなくて、浪曲コントを演ることになったんです。その経緯には、いろいろな事情があっ

て、一言では言えないんですけれども、ざっくり言いますと（三味線）、

〽祐子師匠がぁぁぁ　このわたしをぉぉぉ　愛しているからぁぁぁ（爆笑）

ざっくり言うと、こういうことに尽きるんでございます（笑）。どういうコーナーで出たかと申しますと、3部構成なんですけど、その2部で芸歴70年以上の師匠方を祝うというコーナー。祝われる4人のうちの1人が玉川祐子師匠となったんです。他の3人の師匠方っていうのは、三味線弾きの人は、三味線を弾く。浪曲を唸る方は、浪曲を唸るという。もちろん本芸の方で出るんですけれども、どういう訳か、祐子師匠はわたくしと浪曲コントを演るってことにしたんです。で、その出番を見たときに、祐子師匠が現役で最年長なんですよ。一番のベテランです。現役70年以上というか、もう80年近いキャリアです。79年なんです、芸歴が。で、そのコーナーのトリかっていうと、そうじゃない。一番、最初トップバッターのところに、『浪曲コント』って、プログラムを見ますと出てまして……。そのチラシを見たときに、「ああ、ちょっとこの、賑やかしというか、盛り上げ役みたいな形で扱われるのかな？　まぁまぁ、それでも、……まぁ、いいや。出来る限りのことを頑張ろう」と思っていたんですけれども、そんなわたしに祐子師匠が、バッとわたし

の眼を、間近で力強く見ながら、
「太ちゃん、私、このコーナーでね、一番になりたいんだよ」(笑)
え、え〜?　そう力強く仰ったのは、7月の半ばでございました(三味線)。

〽それから8月と9月に1回ずつ
浪曲協会　広間に集い　2人きりで稽古をしよう
そう決まっておりましたが　祐子師匠は毎日毎日　自分1人で自主練だ
毎日毎日　自主練してて8月の最初の稽古のそのときに
仕上がり方が半端じゃないよ(爆笑)
半端じゃないどころじゃない
ちょっと仕上がり　過ぎちゃってたぁぁぁ

まぁ、そもそも浪曲コントってのは、どういうものかというと、桃太郎師匠に先立たれて1人取り残された祐子師匠が苦肉の策で編み出した……、そう、93歳から始めた芸なんです(笑)。
前半のところが祐子師匠の生い立ちを漫才形式で楽しく語りまして、後半のほうってのは、いろんなパターンがあるんですけれども、民謡交えていろんな曲を歌ったり、今回は後半の10分は浪曲を掛け合い２人で演るというふうに決めたんですね。もちろん、この掛け合いのところ、浪曲のところも含めて、２人のセリフが交互、交互、交互にある訳でございますよ。

でも、わたしのセリフも含めて、ずっともう起きてるあいだ四六時中、祐子師匠は自分のセリフも、わたしのセリフもずっとさらってた。何をしてたって、それがつらつらと流れるように出る状態に、8月の頭でそういう状態に仕上がってた。

するとどうなるかというと、例えばですね、こういう部分があるんです。祐子師匠のセリフで、

「赤ん坊を負ぶって表に出れば……」

そこでわたしが、

「聞こえてくるのは歌ではなくて浪花節」

なんていうふうにね、こういうキャッチボールがある訳でございます。で、祐子師匠が、

「赤ん坊を負ぶって表に出れば」

それを受け取って、

「聞こえてくるのは……」

ちょっとね、半間（はんま）ぐらいは、やっぱ開きます。それに被せちゃ、言葉が聞こえな

くなるから、……でも、祐子師匠は、もう1人のセリフでずっと繋げて言っているんで、その間が一瞬でも空くってことが、想定出来ないというか、それが、もうミスのように感じられるんですよ。ですから、
「赤ん坊を負ぶって表に出れば……、ほれ、太ちゃんのセリフだぞ、ほれ、太ちゃん」（笑）
と、いやいや、今、言おうと思ってたんですよ、師匠。今から言うとこだったんですけど、みたいな感じで、わたしのセリフは一切待てない状態に（笑）、仕上がってしまってたんですよ。
その1ヶ所だけじゃなくて、
「ほれ、太ちゃん。どうした？　太ちゃん？　ほれ、太ちゃん」（笑）
いや、分かっている。分かっている。今から言おうとしてるんですよ、師匠。間をください、間を（笑）。そういう状態になっちゃってたんですよ。で、そのう、稽古に入る直前ですよ。ちょっとした芸談がありまして、
「太ちゃんね、今の若手っていうのは、間が持てないんだ（爆笑）。お客様に向けて演らなきゃいけないだろう？　聴いてるのは、お客様なんだ。自分一人で演ってることになっているからなぁ。名前は言えないけど、あの子なんかもうペラペラずっと早くて、間を持たなきゃいけない。間を持たなきゃいけない」

〽祐子がぁぁぁ　祐子がぁぁぁ　一番早いぃぃぃ（爆笑）

なんてことを感じながら、稽古してる訳でございます。そしてもう一つ、いくつか懸念材料が初めての稽古で生まれたんですけれども……。三味線弾き曲師の方っていうのは、ご覧のようにですね、お客様のほうを見るんではなくて、演者のほうをずっと見てるんですよ。で、祐子師匠で言えば、演者をずっと見るってことを、もう70年ぐらい続けてきた方なんです。

でも漫才のときって、話しながらお客様のほうを中心に見なきゃいけないんですけれども、演者を見るっていうのがもう染みついている。漫才の最中、ずっとわたしだけを、ずっと見ている（爆笑）。

「いえ、前を見てください。前を見てください」

「ああ、そうか、前を見なきゃ」

でも、でもやっぱ相手を見なきゃいけないから、こうなるんです。漫才のこの、

「太ちゃん、わたしの生まれは茨城県の笠間（かさま）でね」

「ああ、お稲荷さんがあるってことは……」

こういう楽しいところはイイんですけど、後半のほうの浪曲んところになると、

より力が入るんです。しかも稽古のときは、ソファーに座って横に並んで、顔が、だから、これぐらいの距離になって……、10センチぐらいのところに……、極端に言えば顔がある状態で、

「恥を言わねば分からねぇ、越後長岡在、大山村の百姓でなぁ、嘉右衛門と申しますだ。急がなきゃならない金の為……」

みたいなのを10センチぐらいのところでわたしだけ見ながら演ってくんですよ（爆笑）、その熱量で。わたしは、1日もう決まってますから、1日の玉川祐子師匠の摂取量がもう決まってるんで（爆笑）、それをもうブーンと超えましてですね。こっちがクラクラして、その目の前でグロッキー状態みたいになると、もう本能が出るんですかね。その辺に水を置いてたんで、その水をパーッてぶちまけちゃった。それが、祐子師匠にブシャァってかかってですね（爆笑）、でも、祐子師匠はそれにも負けず、

「急がなきゃならねぇ金の為！」（爆笑）

祐子師匠、お願いだから前を向いてくれっていう懸念材料。そしてもう一つがですね、その漫才パートのところでですね、いくつかエピソードが、……四つぐらいですかね、分かれてるんで、一つ、一つ、ちゃんとオチがついていて、それを説明しながら、演りながら、

「太ちゃん、ここで、私がこう言う。そうすると、ここでな、お客さんが笑うから……」

「ああ、そうですか」

「そうそう、それでこうこうって、まぁ、言うだろ。そこでまたここで、お客さんが笑うからな」

「はっ、そうですか」

「ここで、またお客さんが笑うから」

「そうですか」

「お客さんがここで笑う（笑）。これ言ったら、お客さんがフッと笑う」、お客さんの想定が相当ゲラな状態になっているんです（爆笑）。「そんなに笑うかな？」みたいなのがありましてですね。でも、それを信じて、もうやるしかない訳でございますから……。「そんなに笑いが起こるのかな？」なんて思いながら、ただ作・演出全て祐子師匠ですから、それに委ねまして、いよいよ本番の1週間前にと、なりまして……（三味線）。

〽豪華浪曲大会は　豪華なんだけれども　平日昼間の開催でぇぇぇ（笑）
わたしのお客さんで働いてる人たちに

その浪曲コントを見せることが出来ない！
是非見せたいと思いましたわたしは　リハーサルを兼ねまして
1週間前の10月4日の夜席に　40人ぐらいの小さな会場で
浪曲コントを披露することにしたんでございますぅぅ

まぁ、千人の会場と40人の会場じゃぁ、参考にならないかも知れないけれども、それでも絶対1回だけ演っておくのがいいだろう。40人でも超満員。祐子師匠、滅茶苦茶喜んでくれて、楽屋入りすると、手を握って、

「太ちゃん、ありがとうなぁ（笑）！　一番大好きな太ちゃんと、浪曲コントが出来るよ」

もう、ピョンピョンピョンピョン、楽屋で跳ねて喜んでるんですよ（爆笑）。

「いやわたしこそ、嬉しいですよ、祐子師匠」

って、それでいきなり浪曲コントに入るのもあれなんで、祐子師匠の紹介も兼ねて、最初にトークコーナーなんか設けたらですね。祐子師匠から、

「あのね、私、今ね。スマホが欲しいんだよ。スマホが……」

なんていうそんな驚きの情報を聞いて、「相変わらず師匠はパワフルだ」なんて思ってたら、そのトークの流れ関係なしにいきなり、わたしのことを指さして、

「お客様ね、私はね、この人のことをね、愛してます」（爆笑・拍手）

ええええ〜！　大正生まれの奥ゆかしさとか、ないんかい？　みたいな、いきなり愛の発表をそこでパッとするぐらい、もう気持ちが盛り上がってるんですよ。

それで、浪曲コントに入りました。「お客様の反応、どうかな？」と祐子師匠が言ってた、「これお客さん笑うからな」っていうところ。例えばどんなところかっていうと、その祐子師匠の少女時代から始まるんですけれども、わたくしが祐子師匠の少女時代を演って、そのお母さん役を祐子師匠が演るんです。

「お母ちゃん、ただいま。お腹減ったよぅ」

「ああ、気のせいだろう」

「ええー！　じゃぁ、ちょっと外遊びに行ってくるよ」

「駄目だよ、遊びに行っちゃ」

「えっ？　どうして？」

「遊んだら、腹が減るだろう」

「えっ、じゃぁ、どうすればイイの？」

「寝てなよ。寝てりゃ腹が減らないんだよ」

「だって、まだ、昼間だよ。眠くないよ」

「イイんだよ。昼寝してりゃぁ、腹が空かないから、寝てな。寝てな」

「じゃぁ、寝てるけどさ、……昼間だから寝られないよ。それに腹が減ったよ、お母ちゃん」

「夢だろ（笑）？　……ここで、大体お客さんがワァッと笑うからな」（笑）

このくらいの感じなんですよ。「どうかな？」って思っていたら、「夢だろ？」の件（くだり）で、お客様がワァッと沸いて、「良かった。良かった」と思った。

そりゃぁ、良かったんですけれどもね。やっぱり本番になっても、

「ほら、太ちゃん！　次、太ちゃんのセリフ……」（爆笑）

ああ、また出ちゃったぁ……。

「分かってる。分かってる祐子師匠。忘れたみたいになるから、やめてちょうだい」（爆笑）

「それ！　どうした太ちゃん？」

「いや、分かってる！　分かってる！」

むしろセリフ抜かしているのはそっちだから！　みたいな（爆笑）。そのセリフを待ってたんだよ。これは、「それ太ちゃんじゃない」、「それ祐子！」なんだよ（爆笑・拍手）。

なんかそんな感じで、でも何とか、一席終えましてですね。それなりの手応えと反省と……。ただ、祐子師匠は、何しろ４人の中で一番を獲ることを本気で思って

るから、楽屋に戻った後も、
「こんなんじゃ駄目だ。こんなんじゃ駄目だ。こんなんじゃ駄目だ」
って、ずっと1人で反省してるんですよ。わたしとしては、「1回演っといて、
良かったな」と思ったんですけれども、その帰り道（三味線）、
〽その日の会のお手伝いで出てくれたのが
港家小そめという若手で　まだ修業中の身ながら
師匠に先立たれ
その師匠と親しかった祐子師匠の預かり弟子となっている
その港家小そめと帰り道に話していたら
判明しましたぁぁぁ　衝撃の事実がぁぁぁ

「兄さん、すいません。今日、勉強させていただいて、ありがとうございました。
凄い勉強になりました」
「あっ、イイよ、イイよ。こっちだってね、手伝ってもらって、ありがとう。あり
がとう。祐子師匠の面倒見てもらって、ありがとう。助かった。助かった」
「いや、イイんです。本当に勉強になりました。……ただ兄さん、ちょっと私、ひ

とつショックだったんですけど……」
「え、何?　どうしたの?」
「……あのう、祐子師匠、私にはいつもいつも『小そめ、お前が一番可愛いよ』って言うんですよ」（笑）
ええっー!

〽あぁぁぁ　師匠はぁぁぁ　八方美人でしたぁぁぁ（爆笑）

実はそんな気はしていたんです。何となくね、いろんな人と会うたびに、

「あっ……、会いたかったよ!」

って、いろんな人に久しぶりに会うたびに両手を握って、ピョコピョコ跳ねてるんだ（爆笑）。その後ろ姿を見る度に、まぁ、若干そういう気持ちはしていたけれども、「ああ、いろんな人に一番って言ってるのかな?」なんて思いながら、その帰り道、奔放な96歳に、少しだけ傷つけられたわたしと港家小そめ……（爆笑）。

そして、いよいよ迎えました。浪曲コント、豪華浪曲大会の本番の日でございます。

わたしもちょっと不安なところがあったんで、前回演ってみて、それを楽屋入り

して、「祐子師匠、ここのところをこうしましょう」なんてことを再確認して、祐子師匠がそうしたらですね。

「ここで、アンタが一節演るの？」

「そうです。それで一節入れて、そのあとの節もわたしでして……」

「うん。あのな、その節は私が演る」

「お〜、そうですか。分かりました。ＯＫです。大丈夫です」

「うん。それで、あの、太ちゃん、よかったら、そこであの、『表に出れば、店先から聞こえてくる……』、言葉を足して……」

「ああ、分かりました。分かりました」

直前までね、ずっと練り上げてるから、当日でもそういう変更が出てくるんですよ。そしたら祐子師匠がいきなり、

「忠治は民衆を助けるために、そいつを叩き斬り、流れ、流れて、現れた……」

なんか、わたしが聴いたことのないようなセリフを（爆笑）、いきなり1分ぐらいパァッて喋って、

「太ちゃん、これ言ってくれるか？」

「無理ぃ！」（爆笑）

芸歴で70年先輩ですけども、即答しました。

「無理です！」

「あっ、そうか。そうか。じゃあ、イイや」

　なんてもう、当日の変更も起こるんですよ。いよいよ本番になりました。最初の笑いどころの掴みのところが、「どうかな？」と思っていた少女時代のところでございます。わたしが、

「お母ちゃん、ただいま。お腹減ったよぅ」

「……気のせいだろ？」

　セリフが入る。すると千人の客席が、ドカーン！　そこで笑いが起こるんですよ。まだ、オチに行く前に、ドカーンって。「えっ？　ここでぇ？」みたいな感じになりまして、何しろ千人の笑い声で、しかも、もう面白くて拍手なんか来たら、そういうときは、次のセリフをすぐ言っても聞こえないから、〝笑い待ち〟っていうの、我々はコンマ5秒でも1秒でもする訳なんですよ。で、わたしがちょっと笑い待ちしなきゃと思って待った。待ったら、そう、どうなるか？

「次、太ちゃん！　ほら、太ちゃんの番！」（爆笑）

　ああ、出ちゃったぁ！　本番で、もう（爆笑）。それが3、4回は、やっぱ出ちゃったんですけれども……。まぁ何とか漫才の部分は、笑い多めにちゃんと進みまして、いよいよ佳境のところでございます。そこからは笑いがなくなって、浪曲に

［＊2］『天保水滸伝』……天保から嘉永（1840年代）にかけて下総一帯（千葉県あたり）で実際に繰り広げられた笹川繁蔵一家と飯岡助五郎一家の抗争を元にした小説。初代・宝井琴凌はこれを講談にし、浪曲はそれをベースに初代玉川勝太郎が節を付け得意にした。二代目玉川勝太郎はさらに正岡容の力を借りてあの〝〜利根の川風袂に入れて〜〟の名調子を生み、人気を不動のものにした。

なっていくってところなんです。祐子師匠は、元々浪曲師で弟子入りをしたという人なんで、

「祐子師匠、あれですよね？　浪曲師をちょこっとだけ演ってたってことは、実は今でもちょっと唸れるんですか？　じゃぁ、玉川でいえば、『天保水滸伝』［＊2］の「利根の川風袂に入れて」か、え〜、もしくは『国定忠治』［＊3］ですかねぇ？」

なんて、わたしがフると、

「じゃぁ、忠治演りましょうかねぇ……。〽峠三里をぉぉぉ〜」

って、この『国定忠治』の外題付け［＊4］を祐子師匠がスッと唸って、そのあと、わたしが続けて、〽後ろに捨てて……、って唸る流れなんですよ。

で、そこの部分が来ましたんで、

「国定忠治か、利根の川風どっちですかね？　お師匠さん？」

「ええ、じゃぁ、忠治を演ります」

「はい、じゃぁ、忠治をお願いします！」

そこで、祐子師匠が唸ったのが、

〽利根の川風ぇぇぇ

［＊3］『国定忠治』……江戸時代に上野国（群馬県あたり）に実在した人物。天保の大飢饉に際しては農民たちを救った侠客として講談、浪曲や芝居などの題材となった。特に「赤城の山も今夜を限り」のセリフが有名。

［＊4］外題付け……〝げだいづけ〟。外題付、とも表記する。演目の最初の節、そのひと塊りのこと。広沢虎造の「旅ゆけば〜」のように、名調子・名文句が凝縮した部分でもあり、名人たちの有名な節回しは外題付であることが多い。

『天保水滸伝』に入っちゃったよぉ（爆笑）！　もう、今日一番の大ボケがそこで出ちゃったんですよ（笑）。「えぇぇ〜！」と思って、これがマジなのか？　ボケてるのか？　当日の変更なのか？　分からない（笑）。

「師匠！　それ、『天保水滸伝』ですよ！」

って、一応ツッコんで。そのあと、いきなり『天保水滸伝』のセリフに変えることは出来ないんで、わたくしが無理やり節を『国定忠治』にして、何とか『国定忠治』で始まった。

祐子師匠は、本当に小柄な師匠でございまして、もう並ぶと、わたしの肩までないような小柄な師匠なんです。その師匠が千席の客席に向かって、一所懸命に歌っているその姿……（三味線）、　　［QR09］

〽広沢虎造に憧れて　17歳で上京をしたが
女の子はとらないと　虎造先生に断られ代わりに入門出来たのは
17歳の祐子師匠よりも3歳年下　14歳のぉぉぉ
その頃売り出し天才少女浪曲師　鈴木照子師匠［*5］の下でしたが！
14歳は遊びたい盛りぃぃぃ　碌に稽古もつけられず
掃除洗濯おさんどんの日々ぃぃぃ　その上ある日師匠の母親に呼ばれて

［QR09］

何を言われたかぁぁぁ　お前の声はお金にならない
浪曲辞めて故郷（くに）へ帰るかぁ　それとも曲師になって三味線弾くか
自分でどっちか選べと言われ　泣く泣く曲師の道選び
そうして歩んだぁぁぁ　七十有余年んんん
影に日向にぃぃぃ　周りに尽くしぃぃぃ　常にぃぃぃ全力ぅぅぅ
人のためぇぇぇ　生き抜いてきた96年
今か細い声を振り絞り　千席の会場に　一所懸命唸ってる
誰のためでもない姿　ただひたすらに自分のため
心の底から浪曲好きな玉川祐子自分のために
震える身体でぇぇぇ　唸り切ったぁぁぁ（拍手）

20分の舞台を無事に終えて、もう割れんばかりの喝采でございました。そのコーナーは、師匠方が皆ウケた。ですから、一番だったかどうか、分からないけれども、出来る限りのことは、出来たんじゃないかと、わたしは思ったんでございます。

「何とか足を引っ張らなかったかな?」なんて思いながら、これで浪曲コントを終えるのか、少し寂しい気持ち。でも、「さらば浪曲コント」、そう思ってた。お客様

［＊5］鈴木照子師匠……浪曲師。昭和初期の浅草で天才少女浪曲師として有名になった。

も。もしかしたらそう思ったかも知れませんですが、……そうじゃないんでございます（笑）。その豪華浪曲大会のちょっと前でございました。稽古しているときでございます。祐子師匠が、

「あのなぁ、太ちゃんなぁ、あのなぁ、加藤さん［＊6］って、あの三味線の？」

「ああ、知ってます」

「あそこさ、ほら、２階がなんかあってなぁ」

「ああ、２階で会を演れる……」

「ああ、そう、そう、そう。この間、用事で行ったら、その加藤さんが、『ウチでも、是非太ちゃんと会を演ってもらいたい』みたいなんだよ。いや、よく分かんないよ。よく分かんないんだけど、『何か演ってくれ。演ってくれ』って（笑）、そういうことをさ、言うんだよ。でも、耳悪いからよく分かんないから、太ちゃんから訊いてくれる？　じゃぁ、お願いね。訊いてくれる？　じゃお願いします！」

（……爆笑）

「……分かりました」

で、三味線の加藤さんに電話をしたんです。

「あっ、もしもし、ご無沙汰してます、太福です。あっ、どうも、どうも、……あのう、祐子師匠から伺いまして、何かこのたびわたしと祐子師匠で、あの何かご依

［＊6］三味線の加藤さん……〝三味線かとう〟は荒川区にある、三味線の販売からメンテナンス他全般を手掛ける専門店。店の２階にあるホールスペースでは観客を入れてのライブ開催ができる設備が整っている。

頼いただいたみたいで、ありがとうございます。……えっ（笑）？　いや、ご依頼いただいたみたいで、すいません。ありがとうござ……」

「あっ、いや、そうか、そうか……、太福さん、もちろん、『是非に』という気持ちはあって……、いや、実は、祐子師匠がお見えになったときに、あのぅ、太福さんと演っている会のチラシを見せてね、で、あのぅ、凄く強いね、売り込みがあったんでねぇ」（爆笑・拍手）

〽あぁもう　祐子師匠ぉぉぉ　ちょっと八方美人だしぃぃぃ
今回のお仕事のことも　もう！　だけどそんなことはご愛嬌
これからますますお元気で　そして１００歳のその回は
浅草も良いけれど　この渋谷のユーロライブで
演りたいなと思いますから　是非そのときはお運びを
願いまして　今月の月刊太福マガジンも
ちょうど時間となりましたから　残すところはあと2回
是非にと　ご来場を　願いましててぇぇぇ
まず　これまでございます（拍手）

ほぼ小籠包

2018年11月9日　ユーロライブ　『渋谷らくご』
曲師　玉川みね子

久しぶりの時事ネタでございまして……。
少し前に話題になりました「10分どん兵衛」というのがありましたね。これは、どういうのか？　おさらいをいたしますと、カップ麺のどん兵衛を普通だったら5分のところを10分お湯を入れたまま放置しておくと、これが何とも言えない、麺が喉越しになるというのが、流行った訳でございます。言ってみれば「10分放置グルメ」でございます。この「10分放置グルメ」の新たな……、言ってみれば穴場のようなものを、わたくしが発見をいたしました。これを唸らしていただきます。
〽新たな「10分放置グルメ」それはぁぁぁ
なんとアイスのパルムですぅぅぅ

ご存じですか、あのパルム。バニラを、チョコレートでコーティングしてあるパルム。あれをですね、10分放置しておくんです。最低でも10分、まぁ、この時季だったらね、間違いなく10分で全然平気なんです。

今だったらもう12、3分ぐらいまでと言ってイイかも知れない。これがどうなるかっていうと、周りがしっかりしたチョコレートなんで中のバニラが、こう、「トロッ」てなっても、外に漏れ出してこないんですよ。その形状がちゃんとキープされたままなんです。その10分経ったパルムを齧ると、外周りのチョコのところが、こう「ふにゃ」ってなっているんです。その中のバニラのとこがどうかというと、もうほとんど歯ごたえのない状態で、フッて口の中に流れ込んでくるんです。皮のところがふわっとなって、その中がフゥッて、だから（笑）、だから分かり易く言うと、ほぼ小籠包みたいになってんですよ（爆笑）。

ほぼ、小籠包。これがね、滅茶苦茶に癖になるんです。わたしも毎日、今ね、それやらずして、もう、いけないぐらい。だから、ちょっと禁断の奴ですけど良かったらこのね、ほぼ小籠包に騙されたと思ってね、最低でも10分放置して大丈夫です。

10分だとね、ちょっとまだバニラのほうに食感が残っているんで、12、3分、この時季だったら、わたしも最高15分ぐらいまでいったことありますけれども、室温で放置していただく。これがいいかなと思う次第でございまして……。

ここからは浪曲にちょっとまつわりますお話でございます。

ご承知ない方のために申し上げますと、浪曲定席浅草木馬亭という、この関東、東京の浪曲の本拠地、浅草浅草寺のすぐ脇にございます。毎月の1日から7日、平日の昼間12時15分から演ってまして、これはもう50年近く続いてる寄席でございまして、最初30日でございました。それが15日になって、私が弟子入りした頃っては、11年前でございます。11年半前、そのときは10日間の興行。それが5、6、7年ぐらい前に、7日間の興行と縮小してるんですけども、でも、ずっと続いている公演。そこに出演している芸人ではなく、1人のお客様にまつわるお話でございます（三味線）。

［QR10］

〽芸人にレジェンドがいるように
お客様にもレジェンドはありぃぃぃ
そのお客様はこの20年ぐらい　毎月　毎月　何日間もご来場され
座る席はいつも一緒　前から2列目中央通路側の席ぃぃぃ
いつも同じ緑のジャージを着て（笑）
冬でもコート姿見たことがないぃぃぃぃ（爆笑）

［QR 10］

寒くなればジャージの下にチョッキを着込んで現れる
下ももちろんジャージです
肩にかけるはぁぁぁ　茶の革のショルダーァバッグゥゥゥ

そのトレードマークのようなお客様がいらっしゃいまして、わたくしが弟子入りしたときから、もちろんずっといらっしゃってる。ちょいと姉弟子に訊きましたら、もういつから来ているのか分からない。少なくとも、20年ぐらいお越しになってる……、そういう人なんでございます。歳の頃は、平日の昼間にそれだけね、1週間のうち何日も、10日間のうちもう5日ぐらい来てたんじゃないかという方でございますから、リタイアもされてるってことを考えると、もう80歳近いのかも知れないというお客様でございます。我々浪曲師が誰でも、弟子入りをして、ご常連のお客様の名前とかを徐々に徐々に覚えていくんですけども、一番初めに覚えるのが、必ずその緑のジャージのKさん。言ってみればミスター木馬亭というようなお客様なんでございます。

そのお客様がどれぐらい凄いということをね、ちょっとお伝えしたいと思うんですけれども……。浪曲定席の番組ってのは、先ほどね、このオープニング始まる前のトークのところで、（橘家）文吾さんが二ツ目になってね、二ツ目の枠で寄席に出て……、そんな話をされました。落語の寄席ってのは1人基本15分、色物の先生ですと10分ぐらい、トリの師匠で30分前後という、基本15分。15分でございますけれども、浪曲の定席はですね、5、6年前から、開口一番のとこだけ15分になったのですが、わたしが入った頃ってのは、浪曲六席、全員30分なんです。

前座、1年目のヨチヨチの人から30分聴かねばならないという（笑）。30分、30分、30分、30分、休憩5分みたいな（笑）、そのあと30分、30分……。で、唯一入る浪曲以外、それが紙切りとか、マジックとか目で見せる芸でくるのかなって思うと、唯一入る浪曲以外の芸が講談……、聴かせる芸（笑）。ですから、ご常連の方なんかですとね、もう耳が肥えてる。で、この浪曲師の芸風とか上手い下手なんてのも分かってくると。落語の寄席と違って、1回、1回必ず幕が閉まるんで、その仲入り以外のときも。なぜかというと、テーブル掛けをチェンジしますからね。三味線も交代をするから、必ず幕が閉まるんです。ですから、「あっ、次はあの人、じゃぁ、イイや」って、席を立ってロビーのほうに休憩に行ったりすることも全然出来るんです。

でも、そのKさんは、絶対にそういうことをしない。2列目の中央通路側のところで、そこにどんな浪曲師のときも必ず座っているんだ。これまた凄いことに、絶対に寝ないいんです。浪曲っていうのはね……（客席「へぇ」）、「へえ」ってことは、相当眠い人たち……（笑）。いや、もうその通りなんですよ。浪曲ってのはね、もう『浪曲十八番』［*1］ってラジオのオープニングで言いますから、もう認められてる、情報としてね。「浪曲は、大人の子守唄」って、お前が言ってイイのかい？（爆笑）って、思うんです。

「寝せてどうする⁉」って、思うんですけど。でも、それぐらい心地よい芸ってのは、眠くなるんですよ。また浪曲ってのは、どちらかというとゆったりしたテンポでございますから、それがずっと続いているから、どうしたって眠くなるんです。どうしたって眠くなるけれども、そのKさんは絶対に寝ずに、2列目んとこでカッと前を向いて、目を輝かせながら、もう前座から何から聴いてくださるんです。

絶対に寝ないって、凄いんです。どれぐらい凄いかっていうと、その舞台袖のところで前座がよく寝てるんです（笑）。その、釣り込まれちゃって、たまにあのみね子師匠も寝てるんです（笑）。わたしも一緒になって、寝て……（笑）。いや、寝るつもりはないけれども、釣り込まれちゃう。ウトウトとするぐらいですよ。それでも必ずそのKさんは寝てないんです。

で、1本入る、唯一の講談のところで、そのKさんは必ず寝てるんです（爆笑）。100パー寝ている。上手い、下手、ベテラン、真打も、若手も関係なく、必ずもう明確に首を下げて寝ている（笑）。目的がハッキリしている。必ず寝てる

［*1］『浪曲十八番』……NHKラジオにて1972年から毎週月曜日に放送されている唯一の浪曲番組。毎回東西の浪曲師の名演が聴ける。開始から2011年まではNHK第一放送にて、現在はNHK-FMにて月曜11：25～11：50放送。

んです。

もう一つ、これが一番Kさんの凄いところなんですけれども。浪曲というのは聴き始めの方、木馬亭に来た方なんか、お分かりになるかなと思うんですけれども。浪曲の一席のうちに、大概何度か拍手が起こるんですね。「それは、どこで起こるのか?」って訊かれるんですけれども、決まりはハッキリ言って、ないんですよ。

聴いていて、何となく、ここっていうところで、誰かが手を叩き始めて、「ああ、そうだ。そうだ」と賛同する。聴き始めの方は、「ああ、ここだったのか?」って手を叩く。縛りはない。回数にも制限はないんです。でも誰か1人が叩かないと、何となくいけなかったりする。

そういったところで、そのKさんというのは、周りが叩くのを待たずに、「ああ、ここだ」って、自分が思うところで、もう先陣を切って拍手をする（笑）。そうすると、周りの人たちも、「ああ、そうだよね」って拍手をしていくんです。でも、その拍手の審査がKさんは滅茶苦茶甘いんですよ（爆笑）。

超常連なんだけど、超甘い人なんですよ。「え? そこでも? え、また? そこで、する?」ってところで、拍手をするんですよ（爆笑）。で、大体においてKさんがいくと、「そうか」って、何人かついてくるんですけれども、たまに「そこは違うところだろう?」ってなって、Kさん1人みたいなときもあるんです（爆笑)。
自分だと思って、感じてください。自分がもしそんな立場だったら……。拍手して、「あ、違った」ってなったら、誤魔化したりするでしょう?(爆笑)「違った」をしない。最後まで胸を張って拍手してくださった。そして、もう何十回聴いているだろうという同じネタでも、同じところで涙を流してる。それがKさんなんでございます(三味線)。

〽誰より一番拍手して　誰より一番涙を流す
そのKさんが　亡くなりました
暑い夏も　寒い日も　同じグリーンのジャージ着て
いつも笑顔で無口だが　若手　ベテラン　上手い　下手
男女差別なく　芸風一門区別なく
全員演者を応援してた　大入りの日も薄い日も
いつでも前から2列目だけは　いつでもぉぉぉ
ずっとぉぉぉ　温かかったぁぁぁ(拍手)

浪曲の歴史的な本とか、そういったところに名前が載るような方ではございませんが、同時代を生きた浪曲師全員の心に間違いなく残ってるこのKさんのお話をさせていただきました。この場を借りて、お祈りしたいということでございます。

ここからが、死活問題でございます。木馬亭での拍手が減るんです、つまり（爆笑）。もう、今月減ってました。ですから、ここならKさんがいれば拍手が来るってところが、もう拍手が起きない。ですから、どなたか（笑）、2代目ミスター木馬亭（爆笑）。条件はそんなにありません。毎日、平日の昼間に月の5日間ぐらい来てくればいい（笑）。そして絶対に寝ない。浪曲のときは絶対寝ない。そして講談のときは絶対に寝る（笑）。そして、出来ればグリーンのジャージを着る。「是非、そんな方がね、また現れてくれたらな」なんて思う訳でございます。

名寄に行ってきました物語

2023年1月16日　ユーロライブ『渋谷らくご』
曲師　玉川鈴［*1］

身辺雑記、今日の夜、6時ぐらいに出来たネタでございます（笑）。と、いう訳でございまして、新年一発目の『月刊太福マガジン』は、「どこどこへ行ってきました」という道中記でお付き合いを願います。それではよろしくお願いします（三味線）。

〽ときは一昨昨日（さきおととい）から昨日まで（笑）

どうですか、この最近具合は？（爆笑）ときは寛永とかじゃないんですよ（爆笑・拍手）。元禄じゃないの。一昨昨日からでございまして、

〽行ってきました　北海道へぇぇぇ　北海道は上のほうぅぅぅ
（両手で形を作り）このにゅうっと　にゅうのところの

［*1］玉川鈴……たまがわりん。曲師。2020年に玉川みね子に入門し〝鈴〟。

ちょっと真ん中より下のあたり　その町の名は　名寄（なよろ）ぉぉぉ（拍手）
3日間　行ってきました道中記　同行しました玉川鈴の
三筋の糸に乗せまして　時間来るまで
務めましょうぅぅぅ（拍手）

え～、配信のね、皆さんもありがとうございます。お付き合いいただきたいと思いますます。今、節の中で言いました名寄というですね、北海道は北部のほうにございまして、名前の名に、寄り道とかの寄るという字を書いて、名寄というんですね。何となく北海道の地理が、何となくは頭にあると思うんですけれども、真ん中よりちょっと上に旭川ってところがありまして、有名なとこですね。この旭川からさらに90キロぐらい北上したところにあるのが、名寄という町で、もしかしたら初めて名前聞いた方が、大半かも知れない。この町なんですけれども、実は二つの項目で日本一になってるんですよ。

凄いですよね、日本一が1個あればいいところ、二つも持っているんです、この名寄というところ。で、何かというと、もち米と雪質、雪の質です。もち米は何かっていうと、もち米の作付け面積で日本一なんですよ。じゃぁ、雪質のほうはどうかっていうと、雪の質ですよ。それが日本一、どういうことかっていうと、雪の質、……このなんか、ふわっとしたっていう、……ふわっていう（笑）、パウダーな感じが日本一だってことなんですよ。誰が決めたん……（爆笑）。「誰が、どうやって？」って思うかも知れないですけれども、北海道が全般的にね、パウダースノーと言われてまして、わたくしも新潟ね、扇辰師匠［＊2］と同じ新潟の生まれでございますから、雪には親しんでるんですけれども、初めてね、北海道の札幌なんかに行ったとき、雪を触ったら、「えっ？　こんなに雪玉が作れないのか？」っていうぐらいね、粉みたいなパウダーの感じで、ビックリしたんですけど。その北海道の中にあっても、随一と言われるのはどういうことか？　これにも実はちゃんとした理由がありまして（三味線）、

〽北海道という形は　北へ行くほど細くなるが　海辺のほうは雪少ない
その点名寄という場所は　上のほうだけど内陸部　盆地みたいな地形だから
気温が下がって風は吹かない　つまり！
パウダー感がぁぁぁ　高くなるぅぅぅ

これちゃんとね、現地の山岳ガイドみたいな方に聞いた話なんで、おそらく本当だろうと思うんですけれども、雪質も日本一であるというね。

［＊2］扇辰師匠……落語家入船亭扇辰。1989年九代目入船亭扇橋に入門し〝扇たつ〟。1993年二ツ目で〝扇辰〟に改名。2002年同名のまま真打昇進。端正な語り口で確実な人気を得ている。

第1番の目的というのが、14日の日にあった新春名寄もちつき大会。そして、もち米文化祭という餅つき体験をして、さらにわたくしの浪曲だとか、お雑煮研究家のね、粕谷浩子さんのお雑煮にまつわるお話を聞くとか、餅絡みのアトラクションで楽しんでいただこうみたいなことがありました。

それが午前中にあって、その午後に何があるかというと、冬の名寄の魅力をわたしが体験して、それを撮影収録して、紙面なり、もしくは動画なりで配信していこうという。わたしが動画の体験役になって、名寄の魅力を届ける。それも一つお役目でいただきまして、その体験が何かというとですね（三味線）。

〽テントサウナとぉぉぉ（爆笑）　雪ダイブぅぅぅ

え～、つまり雪上でテントサウナを作りまして、そこから出て、水風呂なんかいらない、フカフカのパウダースノーにダイブをして体を冷やして、整おうというね。今、どこでもね、名寄もご多分に洩れず、サウナブームに乗っかって、サウナを取り入れてるんですけど、名寄もご多分に洩れず、その雪質日本一を活かして、サウナと雪ダイブをやろうってことで、それが決まりました。

雪ダイブ、わたくし実は富良野（ふらの）ってとこでも経験したことあるんです。上富良野の白銀荘っていうデラックス山小屋みたいなところの露天風呂の周辺のところに雪が積もって、そこに別にね、その白銀荘って建物が、「さあ！　どうぞダイブしてください！」って、言ってる訳じゃないんですけど、サウナーの誰かが、ダイブし始めて。いま白銀荘ってググると、予測変換の第1に「雪ダイブ」って出るぐらいですね（笑）。それぐらいサウナーで知らない人はいないような存在になってる。そこでやったことはあるんですけど、そこは露天風呂の周辺だけだからね。だから、限られてる訳ですよ。みんなやるからね、誰もダイブしてないところを探すんで、ドンドンドンドン岩場を登っていく（爆笑）。そういう危険も伴うみたいな感じがありまして……。

それで言ったら、スキー場の片隅にテントサウナが建っているらしいんですよ。その周りは雪原だから、どこでもダイブが出来る訳ですよ。

「いや、これ楽しみだな」と思いつつ、その14日になりました。13日は結構天気が良くて、道中なんの滞りも無く向こうに入って市長さんとかに会ったりして、歓迎会もあって、2日目、その餅つき大会でわたくしは浪曲を披露しました。

餅つき大会は大盛況で終わりとなりまして（三味線）、

〽いざ向かいますは　テントサウナへとぉぉぉ

ピヤシリスキー場といううぅぅぅ　そこまでバスで行きまして
まずは揃って腹ごしらえ　名寄の誇るＢ級グルメぇぇぇ
その名ぁぁぁ　名付けてぇぇぇ　煮込みジンギスカンんんん（爆笑）

ジンギスカンってのは焼くイメージですけれども、煮込みジンギスカンってのがあって、本当見た感じ小さな土鍋に、いわゆる煮込みうどんみたいな容器に入ってきて、グツグツグツグツなっていて、実際うどんなんかも入っているんです。そん中に肉も入っていてジンギスカンだって話で。名寄版だから、餅が入っていたり厚揚げが入っていたり、って感じで美味しいですよ。ちょっと見た目は、煮込みうどんかなって感じなんですけど、ちゃんとジンギスカンでね、味ちょっと濃いめで。ズズズズゥゥゥ（うどんをすする所作）。まぁ、浪曲師としては結構上手いほうなんですけど（爆笑・拍手）。扇辰師匠の芸のあとで演ることではないんですけど（笑）。「浪曲師でも、これぐらい出来るぞ」っていうね。

さあ、いよいよ、ここからスキー場の片隅にね、テントサウナがあるっていうんですよ。わたしはね、そこまでは防寒的な恰好で来ましたけれども、温泉的なものが併設されているんで、そこの脱衣場でもって着替えまして、水着を着てその上から一応Ｔシャツも着て、その上に、自分で何年も前に買ってた暖かみのあるポンチョ的なものがありましてね。それを着てね、さらに名寄の方が用意してくれたちょっとナイロン的なというか、雨を弾くようなポンチョも上からさらに着ていくんですけど、足元はサンダルです。二の腕あたりも見えてる感じで行きまして、市の職員の方が、結構、立派な機材を持ってきてくれて、これで万事撮影しながら行くというヤツなんですね。

ロッジのところですから、スキー客の人で、ベストシーズン中ですからごった返してるんですよ。行き来する人に、「え？　なんでこの人、半袖？」みたいな感じで（爆笑）、「なんで、サンダル？」みたいな感じで見られながらも、いや「こっちはテントサウナなんだから」って、もう人の目なんて気にならない訳ですよ。カメラ回していただいて、

「今日は、ピヤシリスキー場にやってまいりまして、ただいまの気温はマイナス5℃の中、これからテントサウナを体験したいと思います。ここから100メートルぐらい離れているんですけどね、移動手段もね、変わってるんですよ〜」

なんて、動画で撮りながら行くんですけど。100メートル足らずの移動なんですけれども、それが何で移動すると思います？

なんと、なんと、……バナナボートなんですよ（爆笑）。普通バナナボートっていうと、南国の海をバァーッと行く、ジェットスキーで引っ張られて行く奴のイメ

ージあると思うんですけど、それをスノーモービルに引っ張られて（笑）、バナナボートで行こうというヤツなんですよ。見るとね、ビッグスクーターって、大きなスクーターみたいの分かります？　あれよりもさらにちょっと全長あるかなってぐらいで、「これスピード出るぞ」って、スノーモービルなんですよ。で、それにロープでバナナボートと繋いであって、……で、バナナボートに乗ったことがない方のほうが多いかも知れないし、でも何となくイメージがつくだろうし、乗ったことがなくても、何となく想像出来るでしょっていうのは、……あんまりバナナボートっていうのは、１人で乗らないんですよ（爆笑）。５人乗りなんですね。それが１人でまたがるような感じで、結構な目立ち感というのがある訳なんですよ（爆笑）。

それでも、こっちはもうテントサウナなんだから（笑）、その職員さんが後ろ向きでビデオで撮りながら……、そのスキー場の方がスノーモービルにまたがって、いざ出発！　気温マイナス５℃の中、

〽スゥノォーモォービルに引っ張られ　バナナボートで進んでく
スキーウエアの人々の　視線一身浴びながら（爆笑）
白銀の中を駆けていく　思っていたのと違うのは（笑）
ちょっと思っていたのと違ったのはぁぁぁ〜

ゆっくり　ゆっくりぃいぃ　進んでいくぅうぅ（爆笑）
とてもゆっくりなんですよ、スピードが（爆笑）。だから、そのロッジのほうなんで、これからスキーに行く人、これから一休みする人で、行き来してるところを行く訳だから。分かんないんですけど、なんか、本当だったらね、わたしのイメージだと、ブーンと行って、「おおっ！」って言われて、で、こっちも、「いや、どうも」って言ってね、「これからテントサウナで」なんてね、やり取りがあるかなと思うんですけど、結構ゆっくりなんで、だから見送る側も、見送られる側も、……何か望まない時間が結構あるの（笑）。「あ、どうも」みたいな、……まだ見える、……ずっとみたいな感じでね（笑）。子供客も多かったですから、中にはやんちゃな男の子が、ワッと雪玉を丸めてわたしのほうへ投げてきた（爆笑）。あの男の子の顔は、一生忘れない（爆笑）。
100メートルぐらいのところ、80メートルぐらい行ったら、まぁ、ロッジから離れれば、すれ違う人も少なくなってきますわね。「そろそろ、テントサウナが見えるかな」と思った途端に、目の前にドーンと100人ぐらいの団体が現れたんです。迷彩服の自衛隊の雪上訓練で（爆笑・拍手）。名寄は自衛隊の町でもあるんですね。ちょうど寒さの中で、雪の中で人を助ける訓練だとかそういったことをやってるんでしょう。

　100人ぐらいの方、迷彩服の方々がね、集まってるところで、だから日本を守るため、日本人を守るために尽くしてね。寒さと戦ってる人の前を、そのスキー客の中でもね、ずば抜けて浮かれた恰好のわたしが（爆笑）、43歳がずっと、「あ、どうも、どうも」なんて言いながら手を振っていたんですけれども、思わず自衛隊の人と出会った瞬間、「あー!」って、この振っていた手が、……おそらくバナナボートに乗りながら敬礼した初めての人間じゃないかと（爆笑）。

　これでようやくテントサウナに辿り着きまして、100メートルにもこんな物語がありましたよ。それで、着きましたらね、ロシア製の非常に有名なモルジュというメーカーのですね、例えばマイナス10℃とか20℃の世界でも、サウナの中の温度が、120℃ぐらいいく。だからね、外気と内気の差が、130、140℃ぐらい作れるという、三重構造のすごい断熱性の高いテントがドーンとありまして。そこでもう市の職員の方も待っていてくださったりなんかしてね。「入るぞ」とポンチョも脱いで、Tシャツと短パン、水着で、「さぁ、入る!」ってなったときに、市の職員の方が信じられない言葉を言いまして、

「すいません。太福さん、ちょっと一つお知らせが……」

「どうしました?」

「すいません、あのう……。今日、名寄のこの雪……、硬いです」（爆笑）
「え？　硬いって何？」（爆笑）　いや、動画で見てると、『ワーッ』って走って行って飛ぶ。その風の勢いでもって、フワって雪が飛んでくる。……あの、パウダースノーですよね？」
「いや、それがですね。この数日間、ちょっと異例の名寄の暖かさで、といっても1桁、1℃、2℃いくぐらいなんですけど。それでも、やっぱり表面の雪が溶けてしまってね。朝晩は、氷点下10℃ぐらいありますから、それが凍る。溶けた雪が、水になって、それが凍るということで、とても、今、硬いという状態です」（爆笑）
「あの、……じゃぁ、ダイブは？」
「あのちょっと、スキー場の方にも訊いたんですけど、今日、ダイブすると、血まみれになる可能性がある……」（爆笑）
「血まみれ……？」
「はい、あのぅ、ダイブはやめたほうがイイって、そういう話に……」
「な、なんで、こんな、こんなとこまで、いろんなことを、乗り越えてきて（爆笑）、ダイブ出来ないって……。いや、大丈夫です。もうちょっとぐらい血が出たって、こっちは構わないし……」（爆笑）
　確かに札幌のときより、ちょっと雪がウェットだなっていうのはあったんですけ

ど、でも、表面硬いけど中のほう柔らかかったから、

「ほら、この辺とか、結構、柔ら……、（触ってみる）あ、硬い！（爆笑） 硬い……。凄く見た目が柔らかそうなのに、硬い（笑）。でも、イイんです。ちょっとヤバいところもあるかも知れないけれど、一か八かで行って、血が出て、もう、それはそれでイイんじゃないか？ それ動画に収めてもらって、『やっぱり人間だもの』って感じがするというか……」（爆笑）

「それ、ちょっとPRにならないと思うんで、ちょっとあのダイブのほうは、ご遠慮いただき……」

「いや、お願いしますよ。ちょっとぐらい血が出ても……、あっ、全然大丈夫だ！」

「えっ？ 何でですか？」

「いや、大丈夫ですよ！」

〜助けてくれますぅぅぅ

（敬礼して）自衛隊がぁぁぁ（爆笑・拍手）

「だから、大丈夫です」

絶対にそんな使い方しちゃダメでしょう（爆笑）。

「ええ、そうですか？」

でも、まぁ、とにかく、とにかく、横になるか、外気浴だけになるか？　分かんないけど、とにかく寒くてしょうがないから、「入ります」と……。

実はね、サウナ大好きなんですけど、テントサウナ初めてでございまして、

〜初体験のテントサウナぁぁぁ　チャックを開けて入ります

見るから堅牢なストーブ２台ぃぃぃ

あっという間に温度は上がり　１００℃以上になりまして

サウナストーンにロウリュウすれば　あがる蒸気の揺らめきにぃぃぃ

寒さ忘れるぅぅぅ　心地よさぁぁぁ

すっかりイイ汗をかくことが出来まして、しかも窓みたいなものがビニールで付いてるから、閉塞感も全然ないですよ。途中で脱ぎましたから水着１枚で、外を見れば、スキーの人たちが滑っている。なんか、「どういう空間なんだ？　ここは」みたいな、寒いのか？　暑いのか？　みたいな異次元の空間で、しかもプライベート空間ですからね。そこで撮影する方も、暑い中頑張って撮影してくれて、……さあ、頑張ってイイ汗かいた。外に出ました。どうしよう、どうしようか？

「太福さん、どうします。あのベンチに座って、外気浴だけでも……」

「いや、一か八か、ちょっと行かせてください。ちょっと待って、あっ、あっ、この辺ちょっと柔らかそうです」

って、さすがにちょっとダイブは、わたしもね、本当に硬いところは、滅茶苦茶氷みたいだったんすよ。だから、触って、表面硬いけど、なんかフワフワみたいなところを探してと思って、「ここ、どうかな？」と思って触ったら、表面ちょっと硬いんだけど、そこがすぐにグズッて崩れて、で、中はフワフワだったんですよ。

「あっ、ここ、行けそうです！　ちょっと行かせていただきます」

〽手をつき膝をつき　ゆっくりと　雪ダイブならぬぅぅぅ
雪倒れぇぇぇ（爆笑・拍手）

もう、力尽きて倒れるような、……行き倒れと同じね、ちょっと字が違うけど雪倒れ。しかも気づいた。雪ダイブと行き倒れ、〝ゆきだ〟まで一緒なんです（笑）。この30分で、一番どうでもいい情報を言いました（爆笑）。つまり、このゆっくり倒れて、「うひゃー」って、そこでひっくり返って、「うわぁっ」ってなって、開きまくってた毛穴が一瞬にして、ギュッて閉まって、すぐに水分をタオルで拭けば、マイナス5℃、6℃の世界でしょう？　水着1枚でね、もう全然寒くないですよ。「（両手を広げ感極まった所作）……はぁ、ここまで来る中にいろいろあった（笑）。1人乗りのバナナボート（笑）、雪玉を投げつけてきたガキ（笑）。自衛隊の皆さん」（笑）

そんなこと思ってたら、もう、過去最高に！　もう、整う……（笑）。そんな感じになりましてですね。皆さんもですね、自然を相手するレジャーは、どうしようもないですよね。こっちでは、どうしようも出来ない。マイナス20℃のいつも通りの寒さのところの名寄に行けば、どこでも雪ダイブが出来るし、わたしが行ったときみたいに、ちょっとたまたま暖かかったりすると、雪倒れで収まるカタチになるんですけど（笑）、ただここで一つ、耳寄りなわたしの実体験に基づく情報を言いましょう。

その3日の間、3日目だけかなり冷え込んだんですけど、2日間はマイナス1桁ぐらいで、例年にはない3月並みの暖かさだったらしいんです。だから、一旦溶けてまた冷えているから、道路という道路、歩道という歩道が全部凍ってるんですよ。その3日間の名寄で一番最も多く聞いた単語が、彼女（玉川鈴）もおそらくそうだと思うんですけど、「そこ、滑ります」。これが一番聞いたんですよ（笑）。旅館からバスまでの5メートルのところも、「あ、そこ滑ります。ここ滑ります」って。実際に滑るんですよ。

結構、わたしね、立派な登山靴持っていて、それで行ったんですけど、雪山用じゃないから、結構滑って、滑って。それで唯一滑らなかった瞬間があるというのはですね、そのスキー場で、バナナボートまで行く。そのサンダル持参で行ったんですけど、そのサンダルはわたしがいつもベランダで使ってる、いわゆる便所サンダルを持っていったんですよ。

その便所サンダル履いてる時間は、一切滑らなかったんですよ（笑）。

「太福さん、そこ滑りますよ」

「いや、全然」（笑）

「あっ、そこ滑りますよ」

「あ、全然です」（笑）

だからね、今月、結構ね、東京も冷え込む可能性があってね、で、例年ね、滑って転んだりする人いるでしょう？　一番、実はおススメなのが便所サンダルです（爆笑）。

便所サンダル、指先は寒さで死にますけど（笑）、滑らないというですね、これがちょっと耳寄りな情報で。

……まぁ、実はですね。このテントサウナだとかね、バナナボートもね、鈴さんも一緒にやるという予定だったんですけど、ちょっと風邪気味なもんでね。風邪をひいてるようなときは、一番サウナはいけないので。そこはちょっとね、「あの、私はやります！」みたいな感じだったけど、「今日は、ちょっと休もうか」って、わたしが1人で体験することになったんです。

その3日目、スノーピクニック。ピヤシリスキー場を、3、40分散策するみたいなスキーピクニックを3日目の朝にやったんですけど、それには鈴さん参加して、もう、そのテントサウナの不在をですね、取り返すかのような雪山をゴロゴロ転がるわ（爆笑）。もう転がった上に、その雪を自分の顔に擦（なす）り付けるぐらいのね、もう浪曲界のイモトアヤコか？（爆笑）　いや、出川哲朗かってぐらい身体を張りまして、そう、実はここからが『玉川鈴改め出川鈴物語』へと移っていきますけれども、

〽ちょうど時間となりました
名寄に行ってきました物語は　まず！

こんな感じで1年演ります『月刊太福マガジン』、どうぞお付き合いください。
ありがとうございました。

SONY

続・名寄に行ってきました物語

2023年2月11日　ユーロライブ『渋谷らくご』
曲師　玉川鈴

それでは、『続・名寄に行ってきました物語』。お時間まで、どうぞよろしくお願いいたします（三味線）。

〽ときは1月13日から3日間　行ってきました北海道へぇぇぇ
北海道は北のほうぉぉぉ　名寄という町で
3日間旅してきました　その3日目最終日の物語
主人公は玉川鈴　そう！　つまり　本人の弾く三味線に乗せまして！
時間来るまでぇぇぇ　務めましょううぅぅ（拍手）

え〜、今申し上げました通り、この物語はわたくしと玉川鈴さんとで行ってきた旅のお話ではあるんですけれども、この後編のほうは玉川鈴が主人公としてのお話になってございます。浪曲というのは演者の方を基本的に観ていただきたいというものであるんですけど、今日に限って言えばですね、もう本当、身体全部を曲師に向けて聴いても構いませんからね（笑）。

そんな訳でございまして、喋るのはわたくしで、申し訳がないんですけれども……。おさらいから始まりますと、北海道は名寄というところ、大体真ん中のところに旭川という町があることは行ったことがない方でも、何となく頭の片隅にある情報かなと思います。旭川から大体76～78キロぐらい北上しましたところにあるのが、名寄という小さな町でございまして、名前の名に、寄り道の寄りで、名寄というんですね。もしかしたら、「名寄を初めて聞いたよ」って方もいるかも知れませんが、なんと、二つの項目で日本一になっている町なんです。一つが、もち米生産日本一という……、某有名なね、ちょいと餅が使われているアイスのところであるとか、有名なところで言うと、伊勢の赤福であるとか、もうもう、非常に身近なもち米を使ったお菓子だとか、何だとかっていうところに、名寄のもち米が使われたりするんですね。もしかしたら、皆さんも一度は口にしてるかも知れないぐらい流通している。日本一。

では、もう一つは何かというと、雪質が日本一ということなんです。何ですか？　その雪の質ってのは？　北海道ってのは、全般にパウダースノーだと言われてんですけど、そのパウダー感が日本一なんです。……フワッとした（笑）。フワッとしたあれなんですけれどもね。でも、これも科学的なというか、一応根拠のあるようなところで、日本一と言っても過言ではないんじゃないかというね、ところがございまして。前編のほうを聴いていただけたらと思いますけども。そのふかふかの日本一の、つまりパウダースノーに、浪曲をするだけではない、雪上に設けましたテントサウナで十分に汗をかきまして、そのふかふかの日本一のパウダーのところに、水着1枚でもってダイブするというですね、……これがわたしの仕事でございまして（笑）。

「浪曲師の仕事なのか？」と思うかも知れませんが、まぁまぁ、浪曲があって、その他にいろいろ、まぁ、名寄というところは行くと看板がありましてね。「雪質日本一」、「もち米日本一」、それから、「自衛隊の町・名寄」なんてあるんですね。日本全国にはたくさんございますよね。もしかしたら、ご親類だとか親御さんとかね、そういった方もいるかも知れない、何か産業がね、基本的にはあんまりないような地域が多いかも知れません。

自衛隊の方々で、何とかその町が成り立ってるなんてところもね、多分あるんですよね。名寄で言うとね、ホテルの近くに、コンビニはあって、飲み屋さんだってね、飲食店だってね、ちらほらあるんですけど、わたしが見ました中で一番多かった業種がスナックなんですよ。

　昔ながらの小さなスナックが、「ええ⁉　もうこんな距離なんだ？」、激戦区だっていうぐらいあるんですよ。「それ、どういうことですか？」って訊いたら、「自衛隊の方々がですね、ちょっと息抜きに来られるんです」なんて言うのを聞いて、「なるほどなぁ、そんなふうな地域貢献というか、町との結びつきもあるんだな」と。

　つまりですね、雪深いところで、冬季のレジャー充実してるんだね。スキー場で、雪がね、自慢のところいっぱいあるけども、「名寄にはもっと良いところが、いろいろあるんだ」ってことを、わたくしが体験をして、それを動画なりで発信をしてお届けする。これが仕事の条件だったんです。ですから、「太福さんだけでもありがたいんですけれども、もしよかったら曲師の方もご一緒にですね。テントサウナであるとか、スノーピクニック、そういったところも体験していただきたいんですよね」ってことを、名寄の皆さんに言われました。

　名寄に行くきっかけになったのが、杉並区の偉人を唸るという仕事でしたから。その杉並区の仕事はですね、彼女のお師匠さんである玉川みね子師匠で、もう9割行ってましたからね、義理で言えば、「みね子師匠、お願いします。名寄に行きましょう。お願いします。すいません。雪ダイブも一つ……」ってことになるんですけれども（笑）。やっぱ今年、古希を迎える師匠のオカミさんに、水着1枚で雪ダイブさせる訳にはいかない（爆笑）。「いやぁ！　私はやるよ」って言ってくれたかも知れないんですけれども（笑）、それはそれで、ちょっと観光ＰＲとは別の衝撃映像になるねぇ（爆笑）、そうなる可能性があるんで、ちょっと雪山歩きなんかもあるから、「そうですね。ちょっと若いお弟子さんのほうの鈴さんに、お願いしましょうか？」と、

〽白羽の矢が立った玉川鈴　テントサウナも頑張りますと
雪山歩きも頑張りますと　気合いを入れてた玉川鈴が
なんとぉぉぉ　前日ぅぅ　風邪ひいたぁぁぁ（笑）

［ＱＲ11］

「（電話の所作）太福兄さん、すみません。風邪ひいちゃいました」（笑）
鼻声でかかってきまして、
「ええ！　じゃぁ、ちょっと、テントサウナとか、厳しいか？」
「いや、これでもちょっとは良くなってて、昨日より今日はだいぶ楽で、今日も薬ももらってきましたし、もう検査も何回もして、いわゆる今の問題ある流行り病ではないので、ちょっとした風邪気味なんで行けると思います。大丈夫だと思いま

［QR 11］

す」

っててね、責任感を感じて、そういうふうに言ってるから、

「本当に、良くなってきてんだね」

じゃあ、今更、飛行機とかも変えられないし、鈴さんの言葉を信じて、そのまんまね、名寄に行って回復することを願いながら行きましょうと。

〽無事に名寄にぃ入ります
地元のホットな歓迎で　マイナス気温もなんのその
餅つき大会　浪曲　公演　無事に大盛況でぇ終えまして
その日の午後から向かいますは　名寄市の　スキー場
B級グルメの煮込みジンギスカンで　身体を内から温めて
いよいよスキー場の　テントサウナへ向かいますが
鈴の鼻水ぅぅぅ　止まらないいぃいぃい（笑）

（玉川鈴を見て）どんな気持ちで、掛け声かけているの？（爆笑）アッハッハッハ、「ウン」とか言うてますけど……（笑）。そうなんです、ドンドン良くなってはきているんですけれども、まだ一回咳をしだすと「ゴホン、ゴホン」ってなっちゃ

ったり、鼻水が、どうしてもね、タレ流れてきてたりとか、洟をずっとすすってたりってのがあったんで、これが、まぁ、写真だったら、何とか誤魔化しが利くんでしょうけど、動画で収めて、それを編集してアップしようというものなんです、この観光ＰＲでやるものが。サウナの昔のからの何て言うんですか、都市伝説じゃないけど、「風邪なんてサウナに入って治すんだ」なんてね、そんなのを聞いたことがあるかも知れません。あんなもの嘘ですから。体調がバッチシであるということが、サウナを楽しむ必須の条件なんですよ。わたしもサウナが大好きだから、その中でＰＲしようと、「テントサウナ、素晴らしいんですよ」って、そのときに、その動画で、「あれ？　この人、風邪ひいてない？」ってなったら、名寄市にも申し訳がないし、こっちもね、何か責められてもね、鈴さんのためにも良くないなと思ったんで、

「いや、鈴さん。ちょっと、これやっぱ大事とって、やめよう……」

と、わたしが言うと、

「えっ！　私、行けますけど……」

みたいな感じだったけど、

「いやいや、やめたほうがね、多分いいから、オレ１人でもやれるから……」

と言ってね。実際やって、「１人でやって、良かったなぁ」と思っております。

それについては前編を聴いてください（笑）。ほぼほぼ裸で、バナナボートに乗るというね（笑）、大変な使命がありましたから。とてもね、風邪の身でやることじゃないです。それを終えましてですね。何とか、テントサウナも十分出来まして、ちょっとね雪ダイブのところは、まだ、それがちょいと叶わなかったなんてのもね、聴いていただけたらと思いますけれども。

何とか、無事に撮り終えて、こぢんまりとした食事会みたいなものをね、用意してくれた。名寄の名物の大変に有名なほうれん草みたいなものを、バクバクいただいて、滅茶苦茶美味しいですよ。生で食べられるような……、「ああ、美味しいです」って、浮かれていましたけれど、隣の席の玉川鈴を見ると、浮かない顔で、申し訳がないようなね、責任を感じてる表情をしてるんですよ。

「いやいや、貴女（あなた）、そんな体調のことなんか気にしなくていいよ」と、わたしは心の中で思いながら、翌日ね、

「もっと完璧に体調を良くして、3日目のスノーピクニックに向かいましょう」

と、言って、早々にお開きになりまして、それで3日目の朝となるんですが、この3日目の朝ってのが、もしかしたらテントサウナ以上にですね、名寄の名物PRに繋がるかもしれない。その楽しみというのは（三味線）、

〽冬の名寄にごく稀に　ごくごく稀に現れる
空気中のダイヤモンドダストが太陽光に反射して
柱状の光となる　幻想的な自然現象
その名　それはぁぁぁ　サンピラァァァ

カタカナで「サンピラー」［*1］と書きます。サンってのは、太陽のサンからとってるから分かり易い。ピラーっていうのは、お馴染みのピラーのこと言ってる訳でございまして（笑）、これ合わせて「サンピラー」というね（爆笑）。これが、なかなか見られないらしいんですよ。

条件があって、絶対的に早朝だとか、日暮れだとか、寒い時間帯で、しかもそのときの気温が、マイナス20℃ぐらい。しかも、住宅地なんかでは、まず見られない。その雪山だとか、そういったところで、ごくごく稀に見られるというものがございまして、非常に幻想的な自然現象です。写真なんかで、たくさん今もググれば出てきますから、見ていただきたいんですけれども。これがどれぐらい見られないかというと、その朝、わたしと鈴さんと、それからガイドの方、プラス名寄市の職員の方が、撮影者の方も含めて4人ついてくるんですけど、その4人の方々に、「サンピラーを見たことあるんですか？」と訊いたら、声を揃えてですね、「ありま

［＊1］「サンピラー」……〝太陽柱〟とも呼ばれる大気現象。日の出もしくは日没時に垂直な光芒が太陽の方向に出現することを呼ぶ。

せん」という。だから、「名寄に30年住んでて、見られないものが、3日間で見れる訳がないよ」と。いや、でもまぁ、あえて地元の人は、わたしも新潟ですけど、スキーやらないとか、そんなことってあるじゃありませんか？　だから、早朝だとか日暮れにスキー場に行ったりしなければ、地元の人もなかなか出会うことが出来ない。「今日は、どうなんだろう？」と思ったら、3日間、例年からするとちょっと暖かい名寄だったんですね。それが故に、1日目も、2日目もちょいとしたハプニングに近いことがあったんですけど、3日目、何とか気温が下がったんですが、通常であれば、マイナス20℃に行くところ、マイナス11℃ぐらいまでしか行かなくてですね。「今日は、ちょっと難しいかも知れないな」なんて話を聞きながら、朝、7時前にホテルに集合します。1人だけ、玉川鈴の気合いが違う。1人もう、極寒地の人が被るみたいな凄い帽子を被ってきてですね（笑）。なんか1人だけ気合いの入り方が違うんですよ。そんでもってね、10分、15分ぐらいでスキー場に行けるんですよ、市の中心から。このコンパクトさがね、名寄の魅力かも知れませんね。

前日にバナナボートに乗ったスキー場に、また再び帰ってまいりまして（笑）。そこで雪山を歩くためスキーウェア的なモノを借りるんですね。サイズをあらかじめ伝えてたんですけど、わたしでXLだったんですけど、「あれ？　なんかちょっと、もうワンサイズ上だったかな?」。吊りズボンみたいなモノを下に穿くんですけど、それがちょっと留まらないみたいな感じで、ウエストが。「でも、肩にね、あれがあるから、大丈夫か。これで落ちることないか。これちょっとボタン留まらないけどいいや」と思って上を羽織りまして、靴も用意してもらって履いて、「うん、まぁまぁ、こんなぐらいのサイズ感かな? もっとジャストもあるかも知れないけれど……」なんて思って、パッと鈴さんのほうを見たら、靴を履きながら、「う~ん、う~ん、これは……」みたいな感じで、凄く時間をかけて、「うん? どうしたのか?」って思ったら、そのガイドの辻さんという非常に爽やかな、自然と共に生きてるみたいな方がいらっしゃる。わたしと同じぐらいの歳かな? その辻さんが、

「どうしました? 鈴さん?」

「すいません。もう一つ違うサイズも試していいですか?」

なんて、

「どうぞ、もう一つ用意しますから……」

すぐに用意してくれて、履いて、

「う~ん、やっぱこっちかな? やっぱりこっちかな?」

凄くね、非常に時間かけてんですよ。「オレはズボン留まってないんだぞ!(爆

笑）」そんなことを思いながら。でもね、足元も大事かも知れないから。それでね、ウェアのほうも決まりましてね。「じゃぁ、仕度を整えました」というんで、そのスキー場のロッジから、雪道のところに出ます。もう真っ白なんですけど、寒いところでね、人が歩いてるところや、車が通ってるところがツルツルなんですよ。

もうアイススケート場みたいになってんですよ。その途端ですよ。ガイドの辻さんがね、

「雪山ね、雪のところを歩くばっかりが遊びじゃないですよ。雪国ってのは、いろんな寒いところの遊びがあるんですよ」

って、普通の雪山用のスノーシューズなんですけど、それでスーッて滑り出したんですよ。

「（両手を広げ）こんなこと出来ましたよ」ってね、シューッて、両足で滑り出したんです。「ええ！　あっ！　あんなこと、オレ出来るのかな？　どうかな？」なんて思っていたら、もう間髪を容れずにですね、玉川鈴がその後ろから、両手を広げてシャーッて（爆笑）、シャーッて滑り出していくんですよ。「えっ？　何で！　上手(うめ)えじゃないか？」って思って、それでオレも一緒にやろうとするんだけど、

「あ、あ、あ、あ……」って、なんか、よろけちゃったりなんかしてね。

「ああ、鈴さん、上手いじゃありませんか！」

って、辻さんがまた。シューッて行くと、そのあとからまた鈴さんが、シュー、シュー、シュー……（笑）。（立ち上がって、ポーズを決めて）こういう感じ（爆笑）。凄いんですよ。後ろから見て、「ああ、このためにサイズを入念にしていたのか？　この娘は」、「雪道を知っていたのか？　この娘は」そんなことを思いながら、やっぱ気合いが違うんですよ、３日目の朝の。

「一旦ここでちょっとお休みしましょう」

　って、我々は手ぶらなんですけれども、そのガイドの辻さんだけが大きなリュックサックを背負ってましてね。そこから何を思ったか、魔法瓶みたいのを出して、「あっ！　ここで一服するのかな？」と思ったら、そうじゃなくて、ちっちゃな魔法瓶に沸騰したお湯を入れたもんだから、滅茶苦茶熱いんですけど、

「ちょっと見ててくださいよ」

　なんて言って、このソフトボールの下手投げのようなカタチ、ボウリングの投げ方みたいなカタチで、グーンと遠心力をつけて蓋を外した魔法瓶を思い切りバーッと振るんですよ。そうすると、中身がもちろんワッと出ますね、遠心状に。それが九十何度のお湯がマイナス11℃で、一瞬にして氷結晶になるんですよ、瞬間的に真っ白な遠心状の扇子みたいなカタチ。サァーンッて一瞬そうなって、でも、その次

の瞬間に、ハラハラハラって無くなる、非常に幻想的な、でも、子供でも出来るような遊びがあってですね、……ちょっと口じゃ、ちょっと言えない。でも、今の説明で分かるかなぁ？　う〜ん、

〽ご覧ください　太福インスタグラムぅ〜（爆笑）

ちょっと宣伝いたしました。そこに載ってますんで、もうもう、「それ、加工したんじゃないの？」っていうぐらいのがあるんですよ。それをガイドさんがやって見せて、「オー！（拍手）」なんてねぇ、我々。

「じゃぁ、これを体験してもらいましょう」

なんて言って、「オレかな？」と思ったら、

「鈴さんからいきましょう」（笑）

シャー！　滑りで、もう評価上げてるから、「この娘から」みたいになって、「はい、じゃぁ、分かりました」って、鈴さんが返事してね。「魔法瓶を何個持ってきてるんだ？」という用意の良さで、その熱いのを入れてね。

「さっきやった通りにやるんですよ」

「はい、分かりました！」

〽言われた通りに玉川鈴　魔法瓶を片手に持ちぃぃぃ
思い切り下から振り回せば　飛んでいきましたぁぁぁ
魔法瓶がぁぁぁ（爆笑）

ストーンと思い切り魔法瓶が飛んで、「あああ〜！」なんて言ってて、アッハッハッハァー（手を叩く）って、もう大笑い、大爆笑ですよ。で、「ああ、じゃぁ、太福さん、お願いします」って。ねぇ、その失敗も見ていますし、辻さんの成功も見ていたから、しっかり落とさないようにギュッと握って、それで思いっきり、ブーンと振りましたよ。本人はね、正面だからあんまり見えないんすけど、それ見てた人に判断してもらうんすけど、ブゥーンと振って、「割と上手く出来たかなぁ」と思ったら、「……あ、ああ（手を2回ほど叩く）、……ああ、いい、いい（笑）。結構出来ました。うん、いい、いい、割と良かったじゃないすか？　初めてにしては……」みたいな。滅茶滅茶スベってるやん、オレ（爆笑）。さっきので、もうオチが出てるからね、一番大爆笑のカタチが。「なんだぁ……、浪曲師のほうがつまらねぇな」みたいな（爆笑）、「熱湯でも浴びればいいのに……」みたいな（爆笑）、そのぐらい身体張らないと、もう超えられないようになっててんですよ。

写真もちょいちょいちょいちょい、撮りながら、

「ちょっと、ゆっくり下って行きますか？」

なんて、30、40分を終えまして、下って行くときに、ただ、下っていかない。切り立った傾斜のところを、辻さんがね、ズルズルっとお尻で跡をつけながら、スゥーッと滑り降りてくんですよ。

そう……、滑り台をお尻で作って、下まで降りていったんですよ。

「はい、これね、今から降りてきてください。今、滑り台を作りましたから、結構スピード出るかも知れない。雪がちょっと硬くなってるからね」

「わたしが一番に行かせていただきましょう」って、サアッと滑ったら、本当にね、「おおおっ！」って、子供が喜ぶどころじゃない、40のオッサンが、「うわぁ、楽しい！　もう一回やりたい」って言うくらい(爆笑)、滅茶苦茶楽しいんですよ、雪山遊びがね。で、そのあと、職員の方々もズラズラズラッと降りてきてね。もちろん、ビデオ撮影の方は一番先に降りて、こう撮っているんです、それぞれをね。で、最後、いよいよ今度は大トリというカタチになりました(笑)。玉川ぁぁぁ(三味線)、

［QR12］

〽鈴の番となり　滑りだしたぁその途端
体勢崩してゴロゴロゴロ　再び起きて戻ってくる
けれども滑り出せばまたゴロゴロゴロ
もう最後のほうはゴロゴロゴロゴロ転がって　ようやく下に着地して
起き上がったかなと思った瞬間
両手広げてヘッドスライディングでズァァア！

もう、途中、わたしの見間違いでなければ、転がりながら雪を顔に拭っていたような気がする（爆笑）。それぐらい撮れ高を狙ってきた感じがして……。ヘッドスライディングの瞬間、わたしは心の中で、そう勝手に名付けました（三味線）。

〽玉川鈴が改めぇぇぇ　出川鈴ん～（笑）
そう、ここでサンピラーを見ることは出来ませんでしたが
浪曲界としては初めてかも知れない
リアクション芸人曲師が誕生しましたぁぁぁ（拍手）
出川鈴の活躍で　雪山歩きは撮れ高十分
大成功で終えまして　サンピラーには会えずとも

［QR 12］

途中ガイドの辻さんが　淹れてくれた
ホットコーヒーその美味さ　厳しい自然の寒さの中に
育つ温かな人情よ　動画の仕上がり乞うご期待いただきまして
では、最後にご本人から一言いただきたいと思います。どうですか？
「（玉川鈴）盛り過ぎですぅ！」（爆笑）
〽まず　これまでぇぇぇ
どうもありがとうございました。

祐子のセーター最新章

２０２３年３月13日　ユーロライブ　『渋谷らくご』
曲師　玉川みね子

〽ときは大正11年　常陸の国は笠間という
日本三大稲荷で有名なぁぁぁ　笠間稲荷の近くで生まれ
27歳で弟子入りし　今日（こんにち）現役１００歳という
玉川祐子という曲師の師匠は　編み物の天才でもあるんです
そう　祐子のセーター最新章を　時間来るまでぇぇぇ
務めましょうぅぅぅ（拍手）

玉川祐子師匠、今年の10月で１０１になろうという現役の曲師の師匠なんですけれども、シブラクのご常連の方には、お馴染みかと思います。わたしの会に来る方もお馴染みかもわかりません。実は編み物の天才でもあるんですね。セーターを着ている人がいたとしたら、その柄見て、

「(手を打って) はい！　その柄ね、分かりました」

っと、もうそこからすぐ編めちゃうぐらいの天才なんです。ただ、サイズ感がやっぱ大正生まれの方なんで、人間のサイズが、やっぱ大正で止まってるところがあるんですね（笑）。

わたし、やっぱり気に入っていただいてるんで、5着ぐらいセーター、カーディガンを編んでもらいました。5着中、4着が小さくて着られません（爆笑）。

「大きくしてください！」

「大きく編むよ！」

またちっちゃいという、この繰り返しでございます（笑）。ただ、帽子であるとかね、手袋であるとか、靴下であるとか、そういったものはサイズはあんまり関係ないところにありますから、ありがたく使わせていただいてるんだけど、セーター、ちょっと、ちっちゃかったりなんかして……。そいで、あの祐子師匠がですね、今から2年前になりますけど、わたしの当時五つの娘にですね、

「太(だい)ちゃんのさ、娘ちゃんにセーター編んでやりたいな」

と。もっとちっちゃいとき、3歳ぐらいのときにもね、1着編んでもらっていて、それはもうとっくにちっちゃくなっちゃったんで、後輩の浪曲師にお嬢ちゃんが生まれたんで、そこにね。下に下に譲っていってね、そっちが今着ているんです

けど。だから祐子師匠のセーター、ウチの娘のはちょうどなかったんで、

「あっ、（手を合わせて）ありがとうございます、師匠。じゃぁ、是非ともお願いします。……あっ、だいぶ大きくなったんで、三つのときに比べたら。一回測りましょう」

「やっぱ測らないと、大きさ分かんないからな！」

つってて、ちゃんと待ち合わせて喫茶店でもって、メジャーを持って、ここ何センチ、ここ何センチ、ここ何センチ、ここ何センチって言われた通りに測って書いたメモを渡して、僅か10日でですよ。「編み上がったよ！」と電話がありまして、「ありがとうございます」と、取りに行って広げたら、……ちっちゃいんですね（笑）。採寸は何だったんだ？

「祐子師匠、これ、見た目でも既にちっちゃくないですかね？」

「えっ！　大体こんなもんだろう？」

「採寸は？（爆笑）あのサイズに費やした１日は何だったんだ……」

「駄目か？　ちっちゃいか？」

なんつってね、最終的にカンで編んじゃうんですね。だから分からないですけれど、「45センチ……、ああ、大体45センチね」みたいな感じで、祐子師匠の中の45センチで編んじゃうから、現代人の45センチは、多分大正生まれの20センチぐらい

だと思うんで（笑）、アッハッハ、そんなことはないと思うけど、とにかくちっちゃいんですよ。でも何とか着られるサイズに編み直していただいたりなんかして、もう五つのときに貰った奴は、もう着られません。だから、下に下にという感じでね、させていただいてるんですけど、それがですね、なんと先月になりまして、またも祐子師匠から留守電が入っておりまして、

「太ちゃんの娘ちゃんにさ、またセーター編んでやりたいんだけどな」

〽あぁぁぁ　ありがたいぃぃぃ　祐子師匠ぅぅぅ

もう4着目ですよ。まぁ、秋口から春先3月いっぱいぐらいまでね、本当じっとしてるってことが出来ない方なので、浪曲の三味線、誰かに稽古つけてるか、もしくは家にいて、ずっと編み物してらっしゃるらしいんですよ。とはいえね、皆に皆、セーターを編んであげている訳じゃなくて、大体の人は手袋であるとかね、帽子ぐらいなんですけど、祐子師匠がね、「ああ、この人にはお世話になってる。この人が好きだ」ってなると、やっぱセーター編むんです。

そのセーターも、娘は4着目！「なんてありがたいんだろうな」と思ってですね、これまた、5歳に比べてだいぶ大きくなっているから、「採寸しなきゃいけな

い」と思って、でも、「何月何日に待ち合わせをしましょう」とか、そういう細かい打ち合わせみたいなことは、……まぁ、ざっくりしたことは電話でも行けるんですが、少しやっぱね、100歳だから、さすがにちょっとお耳遠いんですよ。

だから、何月、何日、何時って、間違いがあっちゃいけないから、ファックスしようと思ってね、ファックスを書くんですけど、ただウチにファックスがないんですよ。だからファックス送るったらコンビニ行くんですよ。皆さん、ありませんか。手紙であるとかハガキであるとか、何か出そうと思って、カバンに入れて3日ぐらい経って、「ああっ！　出してない、これ！」って奴ありますよね。ただただ3日間持ち歩くバージョンの奴。それをファックスでもやっちゃったんすよ。「あっ、これ！　そうだ、まだ送ってない奴だ、これ。あっ、ヤベぇ！」と思ってたら、またその日留守電が入ってまして、

「太ちゃん、編みあがった！」

早い……（爆笑）。採寸の間が無かった。……早い。

3日でもう編んじゃうんですよ。「そうか～、ちっちゃいには違いなかろうな」と思いながらですね、もう編んでくださったっていうから、もうしょうがないから、「すぐに取りに伺います」って書き直して、それをファクスして待ち合わせてですね。それでJR赤羽駅のいつもの待ち合わせ場所に行ったら、ちょっと姿がな

くて。祐子師匠だったら、30分前くらいに来ちゃうような人だから、「あれ？　ちょっといないな」と思って、パッとね、ちょっと違うところを見たら、やっぱりさすがに少しお歳とられてきて、立ってなくてね、どっかに座ってたんですよ。

そのね、隣で立ってるオバちゃんと、凄くニコニコしながら楽しそうに喋ってた。「前も、近所の婆さんと喋ってたけど、知り合いの人かな」と思って、

「祐子師匠、すいません。場所、そっちにいるのが分からなくて、……あの、おはようございます」

って、言ったら、

「あ、おはよう、おはよう。じゃぁ、お茶でも飲もう。お茶でも……」

って行くんですけれど、その話した人を置いてくんすよ。

「あれ？　祐子師匠。今、楽しそうに喋っていた人、誰なんですか？」

「ああ！　知らない人！」

「ああ、……知らない。……知らない人ですか？」（笑）

知らない人とすぐ仲良くなっちゃってね。それで、近くの喫茶店に行きまして。

「ちっちゃいんだろうな」と思いながらですよ。

「ありがとうございます。すいません。またまた、編んでいただいて……」

「うん、イイ。あのさ、今回さぁ、アタシと同じ大きさに編んだから……」

「ええっ！」

いつぞや、

「大きい分には捲ればイイしね、子供が大きいのを着る分には、可愛いから、祐子師匠のサイズで編んでくださいって、一度言ったことがあったんですよ。それを覚えてくださってた。ああ、なんて、ありがたい！　そうか、こっちが言ったことをちゃんと覚えててくれたんだ。

〜あぁすみません　祐子師匠ぉぉぉ

絶対小さいと決めつけてきた　わたしが恥ずかしいぃぃぃ

あぁ　祐子師匠　ごめんなさい　心で詫びてセーターを

ありがたくいただいて　すぐに自宅に帰ります

一部始終をカミさんに　話しましてぇぇぇ

「さぁ、開けてみてよ」

「うん、分かった。祐子師匠と同じ大きさに編んでくれているんだよね？」

「そうだよ」

〽開けました　ピンクのセーターをぉぉぉ
　眺めてカミさんがぁぁぁ　呟いたぁぁぁ

「祐子師匠、こんなにちっちゃくなっちゃった」（爆笑）

「いや、そうじゃない。祐子師匠、サイズちっちゃくなってないの……」

やっぱり、結局、小さかった。全然、自分の大きさに編んでないんですよ（笑）。見るからにちっちゃいんですよ。で、帰ってきた娘に、

「祐子師匠があなたに編んでくれたよ」

　って、娘に言ったら、娘ももう7歳ですからね。

「また、ちっちゃいんでしょう?」

「いや、分からない。着てみたら、分かんないよ」

　って、着たら、なんとね！　胴回りはね、ちゃんと7歳の大きさなんですよ。ちゃんと、ピタッてきました、胴回りは。ただ腕が、……3歳で止まってるんだよ（爆笑）。胴7の腕3のバージョンで（笑）。それで後日、祐子師匠が、「どうだった?」って言うから、

「いや、ちょっと腕回りが、あの……ちっちゃかったんですよね……」

　って、ことを伝えたら、祐子師匠がね、最後、何て言ったか？　それを言ってこ

の最新章のひと区切りとしたいと思いますけど、
「祐子師匠、すみません。あの、……身体はピッタリでした。身体はピッタリだっ
たんですけど……、腕がね。ちょっと短かったです」
「あ、あぁ〜、やっぱ測らないとダメだ」（爆笑）
　どの口が言うんだ。

〽ちょうと時間となりました　祐子師匠の最新章は
まず！

　これまででございまして、一席目ありがとうございます（拍手）。……本当に
ね、また近々、セーターバージョンではない祐子物語がね、凄いのが唸れるんで、
つい先だって、出来事がありましてねぇ。
　こないだちょっとね、どうしても事前に伺わなきゃいけないことがあって、仕事
の前に行ったんですよ。「明後日伺いますから」って言ったんですけど、ファック
スで書いたんですけど、なんかもう祐子師匠の中で、セーターのこととか、いろい
ろいっぱいになっちゃって、
「うん、セーター、また編むか？　また行こうか、アタシが。日暮里行く？」

「いや、そうじゃなくて、わたしが一度、師匠のウチにどうしても行かなきゃいけないんで……」

　みたいなやり取りしても、なかなか伝わらなくて。……でも、約束通りに行ったんですよ。そしたら、やっぱり静かに編み物をしていて、ピンポンってしたら、

「ワーッ！　アンタ、アンタ、アンタ、来てくれたんだ！」

「いや、ファックスしてたんすけど、すいません。なんか驚かせちゃって……」

「いや、イイんだ、イイんだ。アンタが来ると思ってなかったから、何もない。食べるモノとかさ……」

「いや、別に食べ物貰いに来た訳じゃないから、大丈夫ですから。全然、そんなお気遣いなきようにお願い……」

「いやあ、アンタが来るとは嬉しいなぁ！　でも、なぁ～んにもないよ。アンタが来ると思ってなかったから……。ほら、アタシあんまり食べないんだよなぁ。何でこんなに食べないかなぁ？　なぁ～んにもない。ウチは今、本当に。何も……」

「何も無い」をね、もう15分ぐらいずっと……（笑）。

　楽しいんですよ、本当にね。どこを切り取っても魅力的ですね。そんな祐子師匠、もう後世まで語られるね、お人柄には違いございません。

西の聖地

2023年7月14日　ユーロライブ『渋谷らくご』
曲師　玉川鈴

〽ときは先月9日から　行ってきました　熊本へぇぇぇ
そしてそのあと広島へ　行ってきました道中記
隣三筋に乗せまして　不弁ながらもぉぉぉ
務めましょううぅぅ（拍手）

『つながり寄席』という、日本全国いろんな場所でやってる寄席がございまして、それの熊本公演、そして広島公演に呼んでいただいたんです。そのちょうど1年前の2022年の6月に、その『つながり寄席』の熊本公演に呼んでいただいておりましてね。その公演、仕事というのが、去年1年間、いろいろね、高座数で、口演数で500とか、600とか演らせていただいたんすけど、そん中でも、もう一番忘れられない、いや、忘れちゃいけないような仕事でございました。

と言うのは、熊本で昼からの仕事なんで、羽田空港のフライトが8時10分、大体、搭乗口に30、40分前に行くってのがカタチになってますから、「7時30分に搭乗口だぞ」って、頭にちゃんと叩き込んでおいてね。

ただなんか、ちょっとね、バタバタしてたんすかね？「7時30分だ」って時間だけが頭に最終的に焼き付いた状態で、多分、前日迎えてましてね。で、当日、ちゃんとね、時間に起きて、「あ、まだ、今行っても早いな」と。コーヒー飲んだりして、「そろそろ行ってくるわ」みたいな感じで、ずいぶんと余裕をもって出発をして、最寄りの日暮里駅ってとこまで10分ぐらい歩いていく。

「まだ早い、全然。7時30分に乗るんだからな。（腕時計を見る所作）今、7時20分だよ（笑）。……えっ！ 7時30分に着いてなきゃいけないんだよ！ ああ、イケねぇ！ イケねぇ！」

慌ててそこから、ブワァーッと走り出したんですけれども、5メートルぐらい走って、

「そういうことじゃない、これもう（爆笑）。そういうレベルの遅刻じゃない、これは（笑）。もう着いてなきゃいけない時間なんだから、これ。もう無理だ！」

って、そこは諦めてですね、主催者さんに電話して、「その後の便が空いてたら、それで来てください」ったら、運良く空いてまして、何とか仲入りあとにギリ

ギリ間に合って、その仕事に穴開けず済んだんですけど、その「乗り遅れちゃった」ってね、滅多にないようなことを、やらかしちゃったんで、そらやっぱね、心に残った訳ですよ。

今年もまた熊本のお仕事いただいた。今回こそね、電車に乗る時間と搭乗時間、間違えることってまずないと、気合いを入れてスケジュールに入れてたんです。その時期が近づいてきたら主催者の方から電話があって、

「今年もよろしくお願いします！　太福さんは、前乗り［*1］で行きましょう」

ま、前乗りぃ!?

〽まさか　まさかの前乗りで　10日の落語会だがぁぁぁ
前日の9日から熊本に入ります
先に現地でお仕事していた　きく麿師匠と合流して
明日からお願いします　ご挨拶の食事を済ませりゃ
太福1人が向かうのは　言わずと知れず決まってる
西の聖地と言われたる　サウナ『湯らっくす』へぇぇぇ

［*1］前乗り……遠方などで仕事がある場合、前日に現地入りすること。

熊本一有名な『湯らっくす』というですね、サウナがあるんです（笑）。ここの名物はなんと言いましても、水深171センチという水風呂です。水の深さが、171です。小痴楽兄さん[＊2]、頭まで沈みます（爆笑・拍手）、完全に。まぁ、女性のほうは150センチぐらいらしいんですけど、いずれにしても日本一深い水風呂が有名で、その他に3種類ぐらいサウナがあってね。それもただの水風呂じゃないんですねぇ、水風呂の一番深いところが171なんですけれども、危険な水風呂じゃないんです。浅いところからだんだん深くなっていくってとこがあって、これから深いところだってところに行くと、命綱みたいなね、上からロープがぶら下がってんですよ。だってね、175センチの人でも、そこ足つけたらね、顔出ない訳ですから。ちょっと半ば立ち泳ぎみたいにしながら、命綱みたいのをキュッと掴む訳ですよ。それだけでも、溺れかけてるのか（笑）、ロープに掴まって必死で耐えている人みたいに見える訳でしょう？（笑）

でも、それだけじゃない。その目の前に赤いボタンがあるんですよ。そのボタンを押すと、上からですよ、このすがっている人物に対して、上からもの凄い勢いの冷水が頭頂部にダァーッて数十秒打ち付けてくるんだ（爆笑）。

そのボタンに、『MAD MAX』って、意味分かんないのが書いてあるんですよ（爆笑・拍手）。よく分かんないけど、皆、それを押すんです。分かります？　だか

［＊2］小痴楽兄さん……落語家三代目柳亭小痴楽。2005年二代目桂平治（現・十一代目桂文治）に入門し〝ち太郎〟。2008年父である五代目柳亭痴楽門下に移籍、2009年痴楽逝去後に柳亭楽輔門下となり父の前名である〝三代目小痴楽〟を襲名。2019年真打昇進。落語に登場する江戸っ子のような勢いの自由奔放な語り口で人気を獲得している。

ら、それを体験してる人は楽しいんですけど、端から見ると、なんか自分の意思で、その一番深い、もうヒヤヒヤするようなところに入っていき、自分の意思で立ち泳ぎしながら、ギリギリ摑んで（爆笑）、それで、自分の意思で。よく分かんないボタンを押して、自分の意思で、その凄い勢いの滝みたいな冷水に頭頂部を数十秒打ち付けられる。この光景を端から見てたら、ほとんどの人がそう思うでしょう。

〽あぁぁぁ　あの人はぁぁぁ　バカなのかぁぁぁ？（爆笑・拍手）

『湯らっくす』に行って、『MAD MAXボタン』を押さない人は、まずいないという（爆笑）。それぐらいね、恥と好奇心を抑えきれないぐらい楽しいんですよ。実際やってるとき、本当に結構な水圧で、ギャーッて頭打ち付けてくるから、ピシャピシャ！　って周りにもちろん飛び散る訳ですよ、頭に当たったものが。で、水風呂周りに休憩ゾーンみたいな椅子が設置されています。

だから、サウナに入ります。そのあとちゃんと汗流して水風呂入ります。そして休憩します。休憩するときは、一番、いわゆる「整う」という状態に持っていくときでね。椅子に座って、「あ、あぁぁ～」って整っているときに、誰だか知らない

人の頭頂部を経由した水が（笑）、ピシャピシャピシャ……（爆笑）、

「……あぁ～、それでも、整う」（爆笑）

でも、整う……、よく分からない頭頂部経由の水がかかっても、整うぐらい良いサウナなんですよ。

で、ここは前年にも一発行っていますから、……最初行ったときってのは、全部のサウナを経験したい。「あ、そこもこうだ。こうだ。こうだ」って、全部の水風呂、全部の風呂に入ったりするんだけど、もう2年目ですから落ち着いたもんです。

「前乗りで、まだ何も仕事してないから、いきなり3セットからやるのもあれだから、2セットぐらいにしとこうかな」なんて思って、まずね、そのメインの一番広いサウナのところで汗かいて、そのあと『MAD MAX』して（笑）、それでもって、「ここはこうやって、それで2セット目に行こう」と思ったら、これがなんと運がイイ。

　時間で決まってんですけど、ロウリュ、アウフグースというサービスがございまして、ロウリュというのはサウナストーンに水分的なものをかけて、上がる水蒸気で湿度が上がることで、より発汗効果が高まる。「暑い」と人間が感じる訳です。100℃の部屋に何でいられるかっていったら、湿度が低いからですね。それをあ

えて上げて、「暑いなぁ」ってより汗をかいて、水風呂に行く。それなんです。その水蒸気をさらに上げて、熱風を人にフワァッ、フワァッってぶつけて扇いでいく。これが、アウフグースというものになるんです。それがちょうど時間になりましたんで、「これはついてた！」と、２セット目はそのメインのサウナに入りますれば（三味線）、

〽広々メインのそのサウナ　３段タイプで　横広でぇぇぇ　［ＱＲ13］
定員の数は30人　金曜の夜11時
その遅い時間にもかかわらず30人の定員に対して中の人数35人（爆笑）
まもなく熱波師登場してぇぇぇ
アウフゥ～グースが始まる前　普通とちょっと違うのは
始まる寸前　熱波師がぁぁぁ
Ｂｌｕｅｔｏｏｔｈのスピーカー　スイッチポンと押しましたら
エモーショナルな曲流れ　音楽に合わせてぇぇぇ　風送るぅぅぅ

何か、イイ感じの、いわゆるエモい曲がワーッて流れて、それに合わせて、何か、踊るような演舞みたいな形でタオルを振ってね、風を送っていくんですよ。だ

［QR 13］

から、どう言ったら……、普通で言ったら、普通で言ったら、(タオルで風を送る仕草)こういうとか、こういう、(8の字を描くように風を送る仕草)こういうぐらいのものなんですよ。それがね、もっと、だからね(爆笑・拍手)、だから、(立ち上がって、テーブル掛けをタオル代わりに振りはじめる)普通こうなんですね、ちょっとやってこんな感じなんすけど、もっと何かあの……、なんかこう(テーブル掛けを空中で回転させる)、こういう感じなんですよ(爆笑・拍手)。何か映画『カクテル』のトム・クルーズみたいな、今の後ろ回しは、「こっちの風、関係ねぇじゃん」みたいな(爆笑)。

で、技をドンドンドンドン決めていくんですよ。で、多分35人のお客の平均年齢20半ばぐらいの若者でいっぱい。40代なんて、1人、2人ぐらいなんです、わたしぐらいの世代は。もう全部20代みたいなね。なんか、ちょっとヤンチャ系も結構いるような感じでね。その熱波師がフワァッと技を1個、1個決めるたびに、「(手を打って)ウェーイ、ウェーイ」(爆笑・拍手)、「ウェーイ」、……なんか冷やかしみたい……、パリピみたいなノリで、「ウェーイ」みたいのを入れていくんです。これを聴いて、わたしが再現してる感じでも、サウナにあんまり興味ない方でも、……その空間、「嫌だな」って感じがすると思うんですよ(笑)。

でも、実際に中にいる人間からすると、滅茶苦茶嫌なんですよ(爆笑・拍手)。

わたしは、なんだったらね、耳栓して自分の心拍音だけで整いたいみたいな、そういうタイプなんで、「ウェーイ、オイ、オイ」みたいなもん、「うるせぇなぁ……、何なんだ？　このノリは？」って思いながら、でもね、アウェイに来ているからこそ、「しょうがない。こういうサウナもあるんだな」みたいな感じで、それはそれで耐えていたんですけど。

それにしても、その熱波師さんの技が見事なんですよ。そのたびに拍手して、「ワァー！」ってやって。1曲終わって、3、4分ぐらいのが終わると、1セット、1ターン目が終わって、その時点でも相当暑くなった。なんだったら、始まる前からそのサウナは結構暑くてね。大体、3ターンぐらいを繰り返す。蒸気を上げて、扇ぐ。で、「はい、ありがとうございました。19時のロウリュでした」みたいな感じなんですけど、その1ターン目で暑くなってったら、パリピみたいな奴等は、「暑い、暑い」って出てってね(爆笑)。……1ターン目で、出ていって、違う曲を流して、その熱波師さんがまたね、またさらにそこから体感温度を上げて、水分を足して温めて、また技をやってくるんですよ。

で、パリピのノリがいなくなったんでね。何か残ってる人たちは、心の底から普通に熱波師さんのパフォーマンスを見てる。で、さっきよりもより暑い状態で、本当にパフォーマンスが優れてる。……その方が、どれぐらいのレベルかは、わたし分かんないですけど、とにかく凄い。だから、なんか自然と、「（拍手して）オー！」、冷やかしとか、ノリじゃない、心の底からの「（拍手）オー」ってのが出るようになってね。で、2ターン目の曲も終わって、「じゃぁ、これ最後の3ターン目になります」みたいな説明があって、さらに水をブワァーッてかけて、ブワァーッて蒸気があがって、「いや、もう、これだけで出ようかなぁ」と思ったんですけれども、もうお客が3分の1ぐらいしか残ってない、最初の人数の。で、また始まって、3セット目が。

一番しんどいのは、我々じゃなくて、滅茶苦茶暑い空間で動き続けている熱波師さんじゃないですか？（笑）幅15メートルぐらいのところを行き来しながら、さっきみたいなノリでずぅっとこう演っているんですよ。ミスもないし、凄いんですよ。

で、そのうちわたしも引き込まれてきて、なんか拍手だけじゃなくて、「オーイ、オッ、オーイ」（爆笑・拍手）、で、最後の畳み込みのところで、曲もドンドンドンドン盛り上がってるし、もう怒濤のコンビネーションで、タオルを目まぐるしく操って、わたしも「オイ！　オイ！　オイ！　オイ！　オー！」、

〜すっかりぃぃぃ（爆笑）　わたしもぉぉぉ　パリピでしたぁぁぁ（爆笑）

「オイ！　オイ！　オイ！　オイ！」って、最後のほう何か盛り上がる。今まで経験したことのない、一体感というか、こういうノリもありなんだ。「さっきちょっとね、悪く思っちゃってごめんなさいね、パリピの皆さん」なんて思いながら、2度目の『ＭＡＤ ＭＡＸ』をやっぱ受けまして（爆笑）。

「やっぱり、イイな」って、その2セットでね、もうサウナを出たんですけれど。そのね、「聖地と言われる理由って何だろうな？」と思うと、なんでしょうね？　3ターン目でほとんどいなくなってるところを考えると、なんか最近ね、サウナにハマってるとか、何か通が通うっていう雰囲気よりは、なんかもう間口が凄く広くて、「どんな人でも受け入れますよ」みたいな感じ。

しかも料金がですね、普通にそのサウナと入浴だけ楽しむんだったら900円なんですよ。普通ね、1500円とか、2000円ぐらい、それぐらいのサウナ施設だとするんですよ。もうほとんどスーパー銭湯値段で、もう、今、皆さんもしたくなってるでしょう？　『ＭＡＤ ＭＡＸ』が（爆笑）。900円で、『ＭＡＤ ＭＡＸ』が出来る。そりゃぁもうねぇ、若者たちは皆来るみたいなね。いやこれはもう、逆に言うと、「敷居の低さが『西の聖地』と言われる、他にないような魅力なのかな？」みたいに思っていたんですけど、ただそこから退館するまでのあいだにですね、わたし、申し訳ないんですけど、ちょっと物申したいと思う出来事がありまして、少しだけご意見させていただきたいと思います（三味線）。
（テーブル掛けを元に戻す・笑）
〽サウナ施設の楽しみは　サウナと水風呂当然ながら
ご当地のサウナグッズ　サウナハットにサウナTシャツ
オリジナルのステッカー　いろんな施設が力を入れてる
『湯らっくす』のグッズはどうだろうと

会計を済ませる前に、ちょっと売店のところに寄って見ていましたら、

〽ふと目についたはぁぁぁ　珍しいガウンんんん

ガウンなんですよ。ガウンがディスプレイされて広げて掛けてあるんですよ。ええ⁉　こんなのあるんだ⁉　グレーの形で、普通じゃないすよ。限定品で、……というのは２０２３年の世界アウフグース大会の選手たちが実際に着ていたというモデルの一般発売なんですよ。とにかく、今、時間がないんで、世界アウフグース大

会の説明を一切しないんですけど（爆笑）。しないんですけれど、さっきの熱波師さんみたいな人が、そういう技を競う大会だと思ってください。だから、世界大会だから、世界の有名なサウナ施設の名前だとか、ロゴだとかが刺繍されたり、ワッペンが付いてたりだから、レーシングドライバーのレーシングスーツみたいな、……スポンサーさんみたいのが、ウワーッてあって、日本の企業、メーカーも入っていて、背中には２０２３ワールドアウフグースみたいなものがワァーッと書いてあって、しかもほとんどが刺繍で、かなり高価なね、これ、金かかってんな、しかも質感もちゃんとタオル素材というかね、イイ物だなっていうのがあるんですよ。

ただね、今日日、なかなか自宅でガウン着て風呂上がりにいる人が、どんだけいるかって……。なかなかいないと思うんですけど、今、わたしもこう見えて風呂上がりね、ガウン着ないんですよ（爆笑）。だから、一切興味無いんです、ガウンというものに。でも、そのガウンは、「あっ、これは何か直感的に欲しいな」って思って、値段を見たら１万８千７００円するんですよ。

着ないガウンに、２万弱イケるか？　ってことなんですよ（笑）。

いや、でも分からない。着る可能性もあるかも知れない。……そうなってくると、逆にそこからサイズの問題になるんですよ。そのディスプレイされたのは１個ありまして、その棚のところに綺麗に畳まれて商品の状態になってるガウンが４着ありまして、2着、2着で重ねて並んでるんですけど、こっちの2着のほうは手書きでビニールにMって書いてあるんですね。Mサイズなんだと。隣のほうのは見るからに、ちょっと厚いし、そのMよりも。幅もあるような気がする。畳んでもデカいってことは、元のサイズがデカいんだ。「Lかな?」と思って見たら、Lって書いてないいんすよ。「あれ?」と思って、わたしはやっぱ身体デカいほうなんで、やっぱね、ガウンのちっちゃいものほど、必要ないモノはないと思うんで(笑)、「Lいこう」と思って、でもLって書いてない……、「保証が無いな」と思って、でも絶対こっちのほうが、明らかに、こっちがデカいんだけど、そのLというお墨付きが無いから、「ちょっと確認したいな」と。「……おそらく、着ない」と思ってるんですけど(爆笑)、この時点で。ただですよ。家の中に飾ってるにしても、着れないガウンを着ないのと、着れるガウンを着ないのとでは、全然違うんですよ(爆笑)。

もう一回、言いましょうか? 着れないガウンを着ないのと、着れるガウンを着ないのとは違うんですよ。

「(ディスプレイされているガウンを指さし)ああ、お前なぁ、着れないんだよな。眺めるだけ、俺なぁ。だから眺めるだけで着れない。俺がもうちょっとちっちゃかったらなぁ。だから、眺めてるだけ」

着れないガウンを飾る場合はこうなんですけれども、着れるガウンを飾っている場合は、
「(手を打って)お前、いつでもイケるからな!(爆笑) いつでも、オレ、今、腕通すぞ、お前ぇ! 今日、いってやろうか?」
って、いつでもね、いけるぐらいの関係が保てる訳なんですよ(笑)。
だから、あとはLというお墨付きだけ欲しいと。売店はフロントの目の前だから、
〽近くにいました20歳ぐらいの兄さんに 声をかけますガウンのコーナー
2着ずつ並んでいるその商品を指してぇぇぇ
「あの、こっちのほうMって書いてあるじゃないすか? こっちのほうは見るからに大きいんですけど、あの書いてないじゃないすか。これでも、見るからに大きいからLですよね? Lですよね?」
「……はい。え〜……」
「あっ、一応、確認で。あのMで、こっちLでいいですよね?」
「……あっ、はい。……え〜と、はい。同じです」(笑)
「えっ?」

て、誰かに訊くとか……。


「サイズ同じです、はい。失礼します」

「いやぁ、え？　え？　え？」

いや、誰がどう見たって、５センチぐらい違うんだから……、え、え？　戻って、誰かに訊くとか……。

〜西の聖地にもぉぉぉ　ダメな奴ぅぅぅ

スタッフが全員優れてる訳じゃない。こんないい加減な奴がいたんですね。このいい加減は、これだけに留まらないです。で、わたしがね、身体も大きいし、Lを求めてる感は出てたと思う。それを、「Mしかないです」ってことは、「買わなくてイイよ」みたいな宣言と同じだ、そいつが言ってることは。でもオレもカッチンとくるから、「じゃぁ、買ってやる。お前に決められて堪るか！　買ってやる！　もう、決めた。むしろ買う(笑)。こっち絶対Lだから、絶対買ってやるよ」って思ってね。それ持って、１万８千７００円、

「これ、これで買います」

って、

「はい、ありがとうございます」

って、

「あの、ビニールの袋付けますか?」

「おう、もちろんだ」

取っ手も何もないんで、結構かさばるんですよ。片手を全部塞がれるぐらいのものだから、取っ手があるビニール袋に入れてほしいから、

「あの、ビニール袋……」

「もちろん、お願いします」

「はい、プラス5円になります。1万8千705円なります」

払ってね、おつりも貰って……。大体ビニール袋ってね、商品のカウンターの近くにあるじゃないですか。暫く、捜してんですけど、ないんですよ。「あれ? あれ?」って。

元々そこの商品じゃなくて、アウフグース大会から取り寄せた限定品だから、これに合うものを常備してないのかも知れない。でもね、言っても、いろんなペットボトルであるとか、何かお土産品であるとか、いろんなもの売ってるから、Tシャツったってね、Tシャツ数枚買えばね、かさばる訳だから、ちょっと大きめの……、まぁ、デカいたってスーパーの袋の、何て言うんすか、有料の奴の一番大きいサイズだったら余裕で入るぐらいの大きさなんで、「まぁまぁ、あるだろう」と

思って待ってたんです。そうしたら、なかなか無くて、ちょっと彼も焦ったような感じで、「すいません、ちょっと」みたいな感じで、

［QR14］

〽そのフロントからドアを開けて奥へと入り
バックルームか倉庫か事務所か　分からないが
奥に行って捜す姿　さっきと変わり一所懸命なぁぁぁ（爆笑）
その姿勢を眺めながら　ようやく改心してくれたか
さっきはオレも　怒り過ぎたぁぁ（爆笑）
思わず知らず心で詫びる　やがて彼が戻ってくれば
ガウンが入ったその袋　言ってみるならスーパーの
袋詰めをするところのロール状になっている
ゴロゴロ取れる無料の奴の　ちょっと大きい奴バージョン（爆笑）
それってつまりは　ゴミ袋かぁぁぁ（爆笑・拍手）

あの中、透け透けのペラペラの、それのただ大きいバージョンのビニール袋って、ゴミ袋以外の用途であんまり見ることないじゃないですか？　その状態だから、取っ手も何もないから、でも大きいから、上の部分を縛ったような感じで、

［QR14］

「お待たせしました」みたいな感じで……（爆笑）。

「えっ、だって5円払って、……えっ？」

わたしも思わず言いました。

「え、それ？　それしかないんですか？　袋？」

そこで彼がね、

「すいません、捜したんですけど、どうしてもこれしかなくて。元々ウチに無い商品なんで、申し訳ありません。どうぞ、すいません。これしか入る袋がなくて……」

「まぁ、しょうがないなぁ。袋、用意しといたほうがイイですよ。これだって、取っ手が無かったらあんまり意味がないですからね。この袋に入れてることはね。分かりました。まぁまぁ、分かりました」みたいなね。ここまで詫びてくれたら、わたしもこう言えたんですけれどもね。実際の彼はですね、

「ええ！　このビニール袋しかないんですか⁉」

「ありがとうございました」（爆笑・拍手）

まさかの半笑いできた！　彼も、「この袋じゃダメだよなぁ」って、明らかに思いながら渡してきてる訳。西の聖地にいい加減な奴が居ます。そのときわたしもね、カッとなったんですけれども、まぁ、1ヶ月ぐらい経って考えると、逆に西の

聖地だからといってね、そのホテルのコンシェルジュみたいな、そんな人ばかりでキチッと油断ない感じ、隙のない感じの対面スタッフさんばっかりだったら、なんか逆にこっちも緊張しちゃうというか、逆に「何なの？　こんな人まで雇っておくの？」みたいな、その何て言うんだ？　施設としての懐の深さみたいなものが、彼の存在なのかなぐらいに考えるように、わたしもなりまして（笑）。

ああ、そうだ！　いい加減っていうのは、好い加減なんだ。……ウチの師匠が言って、ピンとこなかった名言みたいなものが、ふと思い出されたりなんかして、……そうか、そうか、その親しみやすさみたいなところも聖地と言われる所以なのかと……、

〽西の聖地の『湯らっくす』　水風呂深いだけじゃないぃぃぃ
施設としても懐深く　さらに敷居はとても低く
聖地なんかと肩肘張らず　楽しいスーパー銭湯とぉ思ったならば
もうこれ最高　そして最後に気になることを
2万弱のそのガウン　果たして今日着ているのか（笑）
それとも全然着ないのか（爆笑）

気になるぅ〜ところじゃあるけれどぉぉぉ

ちょうど時間となりました（爆笑）

まぁ、こんな感じで終わったりするんですけど、今日は特別でございます。ぶっちゃけますと、本当にしっかりしたタオル地なんすよ。しっかりした厚いタオル地のガウンで足元ぐらいまであるんで、夏は無理（爆笑）。冬に着たいという『西の聖地』と題しました『太福マガジン』でお開きでございます。長時間に亘りまして、ありがとうございました。ご視聴、ありがとうございました。

バイザウエイが聞きたくて

2023年8月12日　ユーロライブ『渋谷らくご』

曲師　玉川鈴

〽わたくし玉川太福も　今月2日で44歳ぃぃぃ
その誕生日の一日(いちじつ)を
登場人物である玉川鈴の糸に乗せまして
『太福マガジン』でぇぇぇ　唸りますぅぅぅ（拍手）

え〜、44にわたしもなりまして、8月2日、10日前のことでございます。それがどういう予定だったかっていうと、夜に名古屋で仕事が決まってございまして、どういう会かっていうと、関西の浪曲師の春野恵子姉(ねえ)さん[＊1]との二人会というか、恵子姉さんの会にゲストで出て、まぁ、二席ずつね、がっぷり四つで演る二人会形式の会。

それが6時半から名古屋で決まってございまして、それまではちょっと空いてる

[＊1] 春野恵子姉さん……浪曲師。2003年二代目春野百合子に入門。入門前にはテレビ番組『電波少年』で東大卒の〝ケイコ先生〟として人気者となった時代がある。

と……。ご案内のお客様が多いと思うんですけど、春野恵子姉さんとは、浪曲界の中で一番知名度を誇る方でございまして。というのは、今から20年以上前になりますけど、と言うと鈴さんなんか見ていない、20代の子は多分知らないと思うんですけど、『進ぬ!電波少年』[*2]という、リアルタイムで知らないと思うけど、当時の国民的な番組がございまして、そこの人気のコーナーで『電波少年的東大一直線』という企画があって、この坂本ちゃん[*3]という芸人さんが東大受験する。その家庭教師役で大抜擢されましたのが、東大卒のタレントのケイコ先生と当時言われてました。国民的、もう大ブレーク、タレントとして恵子姉さんは活躍されまして、……でもいろいろあってタレント業よりはもっとやりたいことがあると紆余曲折して、そののち浪曲師に入門して、西の方の大看板・春野百合子[*4]という先生のところに入って、今年でちょうど芸歴20年という、……わたしよりも、3、4年先輩なんですけど、この恵子姉さんと二人会という、久方ぶりでご一緒です。

ですから、ちょっと気合いを入れていこうっていうんでね、「午前中に身体動かしたほうが、イイ声が出るぞ」ってのが、この半年ぐらいの経験でございました。と、いうのはですね、実はあの、3月ぐらいからですね。SNSなんかでも高座でも、どこでも発表してなかったんですが、わたし実は、とあるですね、運動をば

(三味線)、

[＊2]『進ぬ!電波少年』……日本テレビ系列で制作された１９９２年開始のバラエティ番組シリーズ。『進め!電波少年』は、松村邦洋の〝アポなしロケ〟や有吉弘行が組んでいた漫才コンビ猿岩石の〝ユーラシア大陸横断ヒッチハイク〟などの体当たり企画で大人気を博した。その後『進ぬ!電波少年』など少しひねったタイトルで面白企画を生み出し続けた。

[＊3] 坂本ちゃん……浅井企画所属のお笑いタレント。２０００年に『進ぬ!電波少年』番組内の企画〝電波少年的東大一直線〟で東大を目指した。その際の家庭教師役が前述のケイコ先生(現・春野恵子)であった。

〽始めてみましたぁぁぁ　ムエタイをぉぉぉ（笑）

ムエタイをちょっと始めていたんですよ。「ムエタイって何だ？」、キックボクシングっていうと分かり易いと思うんですけど、でも厳密にいうと、ムエタイとキックボクシングとは、ちょっと違うところがあるんです。まぁ、何かのきっかけでございますから、ちょっと聴いていただきたいと思うんですけれども……。ムエタイというのは、その名前の通り、想像する通りでございまして、

〽生まれたのはタイの国で　パンチ　キックと　その他に　首相撲に肘打ちあり　採点基準もいろいろある　歴史はおよそ400年で本場はもちろんタイの国ぃぃぃ

そのムエタイに対抗するために生まれたのが、キックボクシングといわれる競技でございます。

〽成立したのはぁぁぁ

［＊4］春野百合子……浪曲師。初代春野百合子は母親、父も浪曲師二代目吉田奈良丸という両親の下、1927年に生まれた。1948年浪曲界に入り、同年二代目春野百合子を襲名。近松門左衛門や井原西鶴原作の新作浪曲を語り文芸浪曲のパイオニアとなった。長らく上方の浪曲界をけん引し、文化庁芸術祭優秀賞や紫綬褒章など数々受賞している。2016年逝去。

なんと日本なんですね。１９６６年、野口修という人が、キックボクシングという名称で成立させたというのが、……ウィキペディア情報でございましてですね（爆笑）。さっき仕入れたばっかりなんですけれども、とにかくそういう違いがあって、「なんでね？　いきなりおまえムエタイやってんだ？」って思う方もいると思うんですけど、わたくし、今、荒川区ってとこ住んでまして。荒川区にですね、このムエタイのジムがあるんですね。荒川区に住んで、わたしも15年ぐらい経つんで、もう何百回とそのジムの前を通ってた。「あっ、やってんな～」くらいで。昔から格闘技が好きで、特に近年、海外の試合だとかそういうのを、わざわざ動画配信を契約して見たりするぐらい格闘技大好きでした。さらに数年前ぐらいから、わたしと40年来ぐらいの幼なじみの何人かが、ボクシングだとかキックボクシングだとかね、格闘技をやってたり、そういう話をね、よく聞いてたんです。で、わたしとは何の関係もない広瀬すずちゃんもやってたりするから、まぁ、「ちょっと、やってみようかな」みたいな……。スポーツジムには通っていたんです。娘がスイミングやってる流れで、パパ割引みたいのがあるんで、水泳とかね、ジム行ってたんですけど、ただ重いものを上げるとか、ただ走るとか、ただ泳ぐとか、すぐ飽きちゃうんですね。

割とスポーツ少年というか、リトルリーグから始まって、水泳、サッカー、それで高校、大学はラグビー。結構、ガッツリやったんですけど、そんなゲーム性があるものなら、何か楽しめるみたいのがあって、それで「格闘技は未知なんですけど、惹かれるな」ってところがあって。もう一つ、一番の決め手になったのが、教えてくれる先生がタイの本場、国技ですから、そこのラジャダムナンという伝統的なスタジアムで、チャンピオン、つまり世界一ね、国技館で日本の相撲の横綱になってるような人が先生だと。何の競技にしたって世界一の人に教えてもらって、何か浪曲に通ずることが、芸に通じることがあるかも知れないみたいので、お試しでやってみたらね、これがわたしの気性に合いまして。

っていうのは、最終的に大好きになった今でも、……一番好きな競技がラグビーなんですけど、スポーツってのは漢字2文字で表されますね、大概のものはね。サッカー、蹴球。ベースボール、野球。ラグビーは闘う球と書いて闘球と書くんですよ。それぐらい格闘技みたいなスポーツで。今回、体験してみたのが、完全な格闘技だから、その戦うところが合うみたいなところがあって、さらにイイのがですね、3分3ラウンドでも死ぬほど疲れるんですよ。ミット打ちでもって。

ちょっとだけ準備運動を20、30分するんですけど、そのあとの10分で死ぬほど疲れるんですよ。なんか、やった感があるし、一番良いというか、日常になかった刺激的なことで言うと……、スパーリングはやんないですよ。怪我したら仕事に支障が出るんでやらないけど。サンドバッグを殴って、拳と手首が痛いんですよ（笑）。サンドバッグを蹴って、脛が痛いんですよ（笑）。痣が出来るんですよ。

それぐらいね、殴って蹴って、こんなにこっちの我が身が痛いもんなんだと、初めて知る訳ですよ。翌日になって、脛あたりに青痣がいくつもいくつもあったりなんかして。普通だったら、皆、痛いの嫌でしょう？「痛いの、痛いの、飛んでけー」でしょう？ そうなんですけど、やっぱりラグビーやってた人間は、ちょっと違うところがありまして、

〜痛いの　痛いのぉぉぉ　飛んでいくなぁぁぁ（笑）

みたいなとこが、ちょっとありましてね（爆笑）。よく分からないですけれども、なんか、なんかね、身体のどこかにちょっと痛いところがある。生活に支障をきたさない痛みがあるってのがね、……なんか、イイみたいのがね（笑）、うん。なんか、そう、いや、そんなSとかMとか、そんなつまらないことでくくらないで欲しいです、わたしは（爆笑）。

もっと、もっと何か分からない変態的なことなんですけど、多分（笑）。身体の

どこかに痣があって、痛みがあって、「なんか……、生きてる!」みたいななんかね。そういうのがね、ラグビーやってる人に多分ちょっとあって、そういう懐かしさもあって、何か身体に痛みがあって、しかも運動が出来て、しかも良いことに、10分で死ぬほど疲れるから。でも、その瞬間だけ疲れるんで、午前中疲れてもね、1日の体力が全部奪われる訳ではない。その夜の浪曲のパフォーマンスが、ムエタイを始めてから、「なんかね、良いぞ」みたいな流れもあって、良いことずくめなんですよ。

そんなことで実は3月から週2、多ければ3ぐらいのペースでジム通いをしておりまして(三味線)、

〽そして迎えた8月2日　前の週に体調崩し　熱中症か夏バテか
ようやくそれも回復したし　今日の夜は大一番!
気合いを入れに行こうじゃねぇか　5日ぶりにぃぃぃ　ムエタイへとぉぉぉ

5日空くってあんまりなかったんですよ、自分の中で。一応、平日の大体空いている10時とか、11時に行くことがほとんどなんですけれど、その日も割と空いてい

ました。縄跳びから始めて、あっ、5日ぶりだけど、体調崩したけど、割と動けるな。それでサンドバッグを叩いたりする。「あっ、割といけんな。今日、動き割とイイな。3ラウンドのスパーリングをやるか？　でもちょっと病み上がりだから、2ラウンドにしとこうかな？」なんて、ちょっと迷ってたら、もうわたしが結論出すまもなく、空いているから、「はい、ミット」ってね、先生に呼ばれまして……。

で、本場タイの先生なんで、……日本も長いのでだいぶ喋れるんですけど、ちょっとね、片言だったりしてね。で、ミット打ちのミットを持ってくれるときは、「ヤップ、ヤップ」、ジャブのことですが、「ヤップ、ヤップ」とか、「ステイト」って、ストレートの仕草で分かるんですが、フックだとか、キックも分かるんですが、どういう訳か、「ヒザ、ヒザ」とそこだけは日本語で言ったりとか（笑）。「ニカイ、サンカイ」とか、それもね日本語で言ってくれたりして（笑）。

それでスパーリングが始まりまして、思いのほかに身体が動く（三味線）。

〽「あっ」という間に1ラウンドは終わり　30秒のインターバルで
2ラウンド目が始まります
ちょっと身体が動くからと調子に乗ってベースを上げりゃ
いきなりゼイゼイ息切れで　2ラウンドでやめようかしら

でもでも　もうちょっと惹かれる心があるぅぅぅ

と、いうのはですね、先生は日本語で、大体、喋るんですけど、何ていうんだろうな？　そんなにね、100パーじゃないんです。だから、たまにね、素人ながらも良いパンチが入ったときに、よく分かんないけれど、わたしには聞こえる単語で言うと、「バイザウェイ！」みたいなこと言ってくれる（爆笑）。

キックをパン！　って入れると、「バイザウェイ」みたいなこと言ってくれて。で、その日、まだ「バイザウェイ」を貰ってなかったんですよね（笑）。

〽今日も欲しいなぁぁぁ　バイザウェイィィィ

バイザウェイを2ラウンド獲れなかった。バイザウェイ欲しい。……でも、絶対にバイザウェイではないんですよ（爆笑）。

だって、バイザウェイってのは、「ところで」とか、「それで」みたいな意味じゃないですか？（爆笑）

（パンチが決まる）スパーーン！

「ところで」（爆笑）

ではないんだよ（笑）。キック、スパン！

って、ないんで、違うと思うんですけど、「バイザウエイ、欲しいな」と思って。で、「3ラウンド目も、よし、いっちゃおう！」って思って……。

「それで」

このね、ムエタイは何が良いかっていうと、パンチももちろん疲れるエクササイズなんですけど、何といってもキックなんです。遥かに体幹を使うというかね、……ムエタイってのは、特にキックが美しさとかも含めて、採点の基準が非常に大きなもんなんで、まぁ、キックの競技と言っても過言でないぐらいなんですよ。だんだん慣れてくると、一発、上手く蹴れることは慣れてくるんですけど、それをパーン！　パーン！　パン！　みたいな、なんていうんだろうな、（立ち上がって実演する）パンパンは、出来ないんですけれども（爆笑・拍手）、リズミカルに美しく、しかも力強くミットを蹴れると、一人前みたいなとこがありまして、わたしも、2回とか、3回とか、5回とかって、ちょっとずつ上手くなってきてるんですけど、なかなか難しいんです。しかも、その一番疲れてる3ラウンド目に、ギリギリね、自分だったらここまで追い込まないってところまで、先生がまた見通しが名人なんで、一番疲れてるときに、「3回」って、よし！　ここだぁ！　1、2、バイザウエイ欲しい！　って（爆笑）、力を入れたら、右のふくらはぎのところがムリンッてなりまして（爆笑）。ムリンッなんですよ。

経験ないと思うんですけれども、ふくらはぎの中の肉と肉が明らかに、ブチーンッて離れる感覚と、概念的な「無理！」っていうのが（爆笑）、組み合わせた「ムリンッ！」みたいな恰好になって、

「すいません！　もう無理です！　ちょっと、すいません、ちょっと、脚やっちゃったよ」

「オーウ、ダイジョウブ？」

「大丈夫です。今日はこれで終わります。すみません」

「ソコニ、レイキャクスプレーアルヨ」

それで、シューッとやるんですけれども、とにかく運動を長年やっていて、骨折とかね、肉離れとかもやっているんで、「これ、きつめの、経験がないぐらいの肉離れだな」ってことは何となく感じながら、「靭帯とかやってなければイイな」と思いながら、足引きずって……。でも、滅茶苦茶暑いんですよ、そのジムが。エアコンが無いんですよ（笑）。

業務用みたいな、三つ扇風機があるんですけど、もうさすがにですね。その日ではなかったんすけど、その数日前ぐらいに、もう長年やってるベテランの練習生の人が意を決して、

「先生、もう日本もこの暑さなんで、エアコンつけませんか?」

ったら、世界一だった先生が、

「タイ、モットアツイ。ムリ」(爆笑)

却下ってなりまして。

だからその日も汗だくのまま、足引きずりながら何とか自転車またがって、ゆっくりだったら漕げるみたいな感じで、自転車漕ぎながら思うのは、

〜今日　名古屋で唸れるだろうか　そもそも名古屋に辿り着けるかぁぁぁ(笑)

「久方ぶりで気合い入れようと思ったらなんか逆になっちゃったな」と思いながらですね、何とかヒィーヒィー言いながら家に帰ったら、カミさんが居て、娘もね小学2年生で今夏休みでおりまして、カクカクシカジカこういう訳で、

「すまないけど、ちょっと、杖かなんか買ってきて」

「分かったわ」

って、娘を連れて出かけていって、杖を買ってきてくれる。わたしは、汗まみれでは行けませんから、もう四つん這いになりながらシャワーを浴びて荷造りして着替えてね。キャリーケースをゴロゴロ引きずりながら行くんですけど、ありがたい

ことですね。カミさんが、

「最寄りの駅まで付いていくから……」

って、キャリーケースをゴロゴロ引きずってくれて、娘も一緒に付いてきて、

「ありがとう。ありがとう」

って、杖をついて歩くなんてことも、実際に初めてで。

「イテテェ」

なんて言いながら、「でも、何とかこれだったらいけるかな？　でも、痛えな
あ。キャリー引きずりながらキツイな」と思ってたら、

へありがたいわ　カミさんよぉぉぉ
そのまま一緒に電車に乗って　東京駅まで送ってくれて
そこで鈴さん合流し　目的地へ向かう途中
鈴さん　ずっと手厚くサポートしてくれる　自分が窮地のそのときこそぉぉぉ
人の情けがぁぁぁ　身に沁みるぅぅぅ

「ありがたいな……」と、思いながら何とか移動出来ました。新幹線ホームは、エ
スカレーターとかエレベーターとか、結構、充実していますからね。そういうの駆

使しながら、「でも、足が不自由だと、こんなに駅って移動しづらいんだな」なんて思いながらも、何とか最寄り駅まで、名古屋のとこまで行けましてね。それから10分ぐらい歩いて、ようやく会場に辿り着いた。その会場が古い本屋を改装して、2階がカフェになってるような、雰囲気あるところなんですけど、2階に上がろうってんでね、ターンッて、その階段の扉を開けたら、愛宕山の石段［＊5］みたいな階段（爆笑・拍手）。

「（肩を落とし）ここまでか……、オレは……」

そう思ったら、鈴さんが自分の三味線とか置いて、

「私が荷物を持っていきます！」

って、キャリーケースをね、抱えて上がってくれて、またもう一度下りてきて、自分の荷物持って、また上がって……。

「すみません。ありがとう。ありがとう」

って伝えて、恵子姉さんにもね、

「すいません。こんな事情で……」

「大丈夫、大丈夫。あなた座っててていいから、座ってていいから」

なんて言われて、久方ぶりのご一緒だったんですけれども、甘えっぱなしで、準備から何から全部やってもらっちゃって。

［＊5］愛宕山の石段……東京都港区愛宕にある愛宕神社の石段は傾斜40度、段数86段あるとのこと。江戸時代この急な石段を馬で駆け上がったとされる曲垣平九郎の〝出世の石段〟伝説が講談『寛永三馬術～出世の春駒』として伝えられ、浪曲化もされている。

本当にね、あの久しぶりだったんですよ。何かニアミスすることがあっても、楽屋でガッツリ話すこともなかったから。それで東京とね、大阪で結構、浪曲界の現状ってのは違うんですよ。だから、またそういった楽屋話に花が咲きましてね。ちょっとここでは言えないような話から、絶対に言えないような話から（笑）、もう墓場に持ってくような話まで、いろんな言えない話をいたしましてですね。

で、会のほうも盛り上がりまして、6時半の開演だったんで、2時間半見てですね、9時に終演で会場出られれば、「ちょっと早めかな」と思ったんすけど、9時20分の新幹線の指定席をとってたんですよ。

でも、これが盛り上がりに盛り上がって、終わったのがもう9時10分ぐらいだったんですよ。もう絶対間に合わんと、でも別に終電じゃないから、「そのあとに遅らせよう」と言ってね、恵子姉さんに、「ありがとうございます」って御礼して。タクシーまで出してくれて、何とか名古屋に着きました。それが9時40分ぐらいで、9時五十何分のに乗ろうということになって、でも、指定席逃しちゃってるから、「混んでいるだろうから、もう一回指定席にしようじゃないか」って、自由でもイイんだけど、……でも指定席ったってね、自由席プラス5、600円ぐらいのもんだから、2人だってね。千何百円で2千円以内に収まるから、指定席に変更してくるように窓口行こうとしたら、またそこも鈴さんが、

「そういうことだけだったら、私行ってきますから！」

「おお、ありがとう。ありがとう。（懐をまさぐる）ちょっと細かいのが無（ね）ぇや。ちょっとゴメン。1万円だけど、じゃ、これで2人分をお願いします」

と、お札を！

〜受け取り駆け出して　窓口目がけて　走っていく
時間に余裕はあるけれど　なぜだか少し気が急いて
まだか　まだかと待ってたら　5分経ったそれくらいで
鈴さん駆け足戻ってくる　兄さん　お待たせいたしました！

チケットとおつりと領収書を、わたしに渡しました。

「うん、ありがとう」

……五千円と、数百円……。首をかしげながらも、財布に入れまして、そのまま改札のほうに向かっていく。ホームに上がりまして、11号車の前に立ちまして、で、鈴さんが、

「ちょっと私、違う号車になりました」

って、言うんですよ。

「そっか、そっか。ゴメン。何から何まで、ありがとう。さっき見ていたけどさ、混んでたもんね。それで、３列のかろうじて通路のＣがたまに空いているぐらいだったもんな」

って、

「じゃぁ、東京駅でもう合流しなくていいから、今日はもう、ここで解散ってカタチで。本当、ありがとう。ありがとう」

「お疲れ様でした。お世話になりました」

なんてね、その10号車方面のほうに去っていくんですね。それで５分ぐらいして新幹線が入ってくる。中に乗れる。ちゃんと座れる。良かった。

脚は結構痛い。でも何とか無事務まって、良かった。でも、脚、大丈夫かな？　おつり少ない……。何かそういうのが(爆笑)、でも、でも、ちょうどいい。いろいろやんなきゃいけないことがある。ノートパソコンを開く。メール、いろいろすぐ返信しなきゃいけない、そうだ。

ああ、そうだ。そうだ。恵子姉さんに「無事乗れました」ってことで報告して、「今日もありがとうございました」って、お礼のツイッターなんかもしながら、……おつり、少ない……(爆笑)。おつり、少ないぞぉ？　どういうことなんだろうなぁ？　４千円ぐらいかかっている、その指定席にするために。これ、どういう？　だから、何か他にやらないといけないことがありながらも、何か気付けば、名古屋、東京、新幹線、自由席、指定席で金額を調べていて……（爆笑）、やっぱ5、600円しか違わないじゃない。

2人だったら、それ千数百円だよ。領収書には明細がないんですよ。4千何百円みたいなだけで。え、じゃあ、手数料とか、そんなかかるのかな？　なんかね、名古屋を離れて東京に近づくに従って、わたしの中で疑心暗鬼の心がドンドンドンドン膨らんできて（爆笑）、鈴さんが歩いていったのが10号車……、まさかグリーン車にしたの?!（爆笑）　そんな訳がない！　そんな訳がない！　じゃぁ、この4千何百円、1人2千数百円、「一体、どういう計算なんだろうな」と思って、もうねLINEで訊いてみようと思ってですね、

「指定席と自由席で、そんな差はないんだけど、なんか手数料とかだいぶ取られた？」

みたいな感じで、LINEしたらですね。まもなく返信がありまして……。

「いや実は、乗り遅れた指定席のキャンセル出来なかったヤツが、その指定席特急券がもう無効になりまして、その上で指定席にする場合は、乗車券の分だけはいきているんだけれど、新しく特急指定席券というものを別で再購入する必要があると。ただ乗り遅れた指定席でも、自由席に乗ることが出来るので、2人分だと倍お

金がかかっちゃうんで、私は指定席に変更せずに、私は乗り遅れた指定席券で、今は自由席に乗ってます」

ってという報告を受けまして、「ええっ！　そんな制度だったぁ！」（笑）

［QR15］

〽制度に驚く　それと同時にぃぃぃ
一瞬とはいえグリーン車とかぁぁぁ（爆笑）
疑って　どうもすみませんんんん
指定に変更するどころか　自分はそのまま自由席に
むしろ節約してくれたぁぁぁ　疑う自分が情けない
嗚呼　鈴さんよ　御免なさい　そして　JR東海よぉぉぉ
バカヤロウ！　このヤロウ！（爆笑）　バカヤロウ　このやろう

いや、バカヤロウじゃないですよ（笑）。わたしがキャンセル出来なかったその指定席は、東京まで誰も座ることが出来ないという、役に立たない席のまま行っちゃってるから、それが無効になるというのは分かるかも知れないけれど、でもその券で自由席に乗れる権利がまだあるならば、そこにプラス数百円の指定席のお金でもって指定席に乗れちゃっていいじゃありませんか？

［QR15］

……違うの？（爆笑）　なんだかなぁ……。そして一番はね、やっぱりムエタイ始めて、半年続けることが出来たら……、1ヶ月、2ヶ月でやめちゃったら情けないから、半年続けること出来たら、「いや、実はムエタイを始めまして……」ってことを高座で言おうと思ってた。その1ヶ月前に、本日は非常に不本意なカタチで報告というカタチになっております（爆笑）。

〽まだまだ夏は続くけど　新幹線でのご旅行のときは
乗り遅れには気を付けて　そして熱中症やら肉離れにも
どうぞお気を付けいただきまして　素敵な夏をお過ごし願う
8月号の『太福マガジン』はぁぁぁ　まず！
これまでぇぁぁ（鈴さんに土下座する・爆笑・拍手）

夏の終わりのダイナソー

2023年9月10日　ユーロライブ『渋谷らくご』
曲師　伊丹明［*1］

〽あぁ　あまりにも暑すぎて　振り返りたくないほど暑すぎた夏
けれども今日も暑いぐらい　そう　まだ夏も終わっちゃいないようですが
8月の思い出話　隣三筋に乗せまして
時間来るまで務めましょうぅぅぅ（拍手）

わたくしの東京の家族は、カミさん、それから、今、7歳もうすぐ8歳の小学2年生の娘と3人暮らしなんですけれども、わたしの故郷が新潟でございまして、この春休みだとか、夏休み、冬休みに必ず里帰りをするというのが、恒例になってございます。ウチは1人娘なんで、いつも呼ばれているのが、〝トト〟と〝カカ〟っていう感じなんすよ。……違いますよ！　キムタク家の真似している訳じゃないんですよ（爆笑）。よくね、「同じですね？」なんて言われるんですけど、そうじゃな

［*1］伊丹明……曲師。1994年伊丹秀敏に入門し、一浩。1995年伊丹秀夫に入門し、1997年より一秀。2000年に二代目伊丹明を襲名。

くて、トト、カカ、トト、カカってね、慕ってきて。まだ2年生なんで、

「(子供の口調で) トト、今日、なあに？　お風呂一緒に入れないの？」

みたいなね、わたしのことにまだ懐いてきてくれている。実家に帰ると、もう、トトもカカもありゃしない。ずっと、「ばあちゃん、ばあちゃん、ばあちゃん」なんですよ。

でも、それはね、わたしが至らない。親孝行が出来ていないところ、娘がまぁ、祖母ちゃんを喜ばせてくれることで、わたしに成り代わって親孝行、祖母ちゃん孝行というかね、わたしの母ちゃんが喜んでくれていれば、それが一番かなと思いながら、よく眺めているんですけど。一つだけ何年経っても、腑に落ちない訳じゃないですけど、何か、パッと思うことがあって。というのはウチのね、母ってのがね、「おばあちゃん」、「ばあちゃん」ってね、呼ばせないんですよ。たまにいますよね？　そういう人はね。ウチそれなんですよ、ウチの母親が。ウチの娘が生まれてまもなく実家に帰ったときに、わたし、太っていうんですけれど、

「太、ちょっとイイ？」

「ああ、どうした？　お母ちゃん」

「あのね、私さ、アンタの娘にね、おばあちゃんって呼ばれたくないのよ」(笑)

「おばあちゃんじゃゃん」(笑)

「いや、でも嫌なのよ」

「そうなの？」

「だから、アンタのさ、お姉ちゃんの2人のさ、孫にもさ、『おばあちゃん』と呼ばせてないのよ」

「あ、そうだったの？　なんて呼ばせてるの？」

「あのね、『アータン』って呼ばせているの」（笑）

「……へぇ？」

「アータン」

「アータン……？」

「だからさぁ、アンタの娘に私のことを『アータン』って呼ばせて。ね？　おばあちゃん、ダメだから。『アータン』って呼ばせて。イイ？」

「ああ、そこまで言うなら、分かった、分かった」

で、娘もねぇ、もう最初っから、「アータン、アータン、アータン、アータン」って、今でもね、もう凄いんですよ。アータン、アータンで、なんか……、

〜その心温まる景色を見ながらいつも心のどこかで思うのはぁ〜

あぁぁぁ〜　ばあちゃんじゃねぇかぁぁぁ（爆笑）

なにが、アータンだよ?!（爆笑） いや、母ちゃんも可愛らしいところですが。

ここからメインの噺に入っていきます。どこがメインの噺かっていうと、ウチから車で1時間のところに阿賀野市っていう観光地がありまして。その温泉のとこに向かっていく途中の景色も山とかでね、飽きない。ドライブのルートとしても、イイところなんですけど、その山の中にポツンと、見るからに大きな観覧車がありまして。ってことは、そこに遊園地的なものがある訳なんですよ。

「えっ！ あんなとこに遊園地あった？ オレ全然知らない。家から1時間ぐらいの距離にそんなに大きな遊園地、知らなかったな」と思って調べてみたら、しっかり遊園地がありまして、

〜1976年の開園で その名は安田アイランドといいいぃぃ

それから紆余曲折がありまして

1998年に名前を変えてリニューアル

3年前のコロナの危機はクラウドファンディングで乗り越えたぁぁぁ

そのクラファンで集まった金額が なんと！ 4千200万ですよ

凄くないですか？　それもあとから調べて知るんですけど、そのときのクラファンのポスターのね、謳い文句というかね、コピーが凄いですよ。
「来てくれないと、つぶれるよ！」（爆笑）
こんな遊園地あります？　だから、ちょっとシャレが利いたね、ユーモアの利いた遊園地だってことを、だんだん理解していくんですけれども、

〽水と緑と太陽のユートピア　その名サントピアワールドといううぅぅ

サントピアワールド、ネットで調べて、「あ、こんな遊園地あったんだ。知らなかった」って、その歴史を調べてったら、安田アイランド時代、わたしも今の娘ぐらい年齢1桁の頃に、一度行ったような記憶があるような、ないような……ぐらいの遥か昔のことなんで。記憶の中の遊園地の景色なんかは、本当に1コマ、「ジェットコースターみたいのあったな」ぐらいしかないですよ。だから、車で実際に近くに行ったら、田園地帯ね、それから何か民家なんかが、ポツポツポツポツある中に、それこそね、車幅だって2車線ぐらいの普通の道路の先に、突如として広大な遊園地が現れるんですよ。

そのスケール感が半端ないっすよ。駐車場に何台停まれると思います？　2千台で

すよ、2千台。しかも、平地の2千ですよ（笑）。大変な敷地なんですよ。すぐ近くに行って分かるんです。サントピアワールド、その横の目と鼻の先に、ボートピアっていうね、つまりボートレースのチケットの場外発売場があるんですよ。

だからのどかな田園地帯の中に、いきなり欲望の塊が二つ並んで現れるんです（笑）。ビックリしますでしょう？「ボートピア？そうか、そうか、これボートレースやってんだ。いや、やってないけど、ここで買えるんだな」と思ってね。

その調べたときに、夏休みも残り3日間ですよ。なにごとも終わりの頃って、混み合うじゃないですかね。こないだね、新宿の珈琲西武本店という喫茶店さぁ、そこも一旦この店舗が閉まるっていうだけなのに、連日の行列で、結局わたしも入れなかったんすけど、なにごとも終わりの頃ってのは混むんですよ。

それで、3日前、「どうかな？」と思って行きました。2千台停められるところへ。停まっている車、12台（爆笑）。「やってんの、これ？」、で、調べてちゃんとやってんですよ。

それで中に入るところで、入園料と1日フリーパスみたいなもの、人気の10アトラクション乗り放題みたいなものもあるんですけど、娘は絶叫系が全くNGなんです。わたしもカミさんもそんなに得意じゃない。まさかね、母親もそんなのは乗らないだろうし、でもその10種のうちの人気の奴、やっぱなんかジェットとか、なんかちょっとね、スリルを味わうような奴が多めだから、乗れるもの限られているし。とりあえず入園料だけ払って、何か入ったあとに乗れるものをね、その場で買って入ろうじゃないかって、入るんですけれど、とにかくその敷地は2千台だから、いや2千人じゃないですよ。

だから2千台ってことは、1家族が3、4人で来たら、5千人から8千人ぐらい入れられるぐらいの敷地が余裕であるんですよ。最初にドンとお土産コーナーであるとか、カフェテラスコーナーみたいなのとかも、とにかく巨大なんです。ゲームセンターみたいのがあったりとか、とにかくデカいんですよ。それがほとんど貸し切り気分なんですよ。

その贅沢な感じったら、ないですよ。そこを抜けましてアトラクションがドーンと出てくる、30ぐらいのアトラクションがあるってことが書いてありまして、まず目の前に出てくるのが遊園地の定番、十八番（おはこ）といっていいでしょう。

メリーゴーランドが目の前に現れるんですけど、このメリーゴーランドが普通のメリーゴーランドじゃない（三味線）。

〽そびえるメリーゴーランド　なんと2階建てのメリーゴーランドォォォ
国内でも非常に珍しいタイプの2階建ての　メリーゴーランド

近づき見ればぁぁぁ　動いてないぃぃぃぃ（笑）

でもって、よく見ると、「現在休止中」（笑）。「お〜、休止中かぁ、……ああ、そう」。これがたまたま今日は休止中なのか、遥か昔から休止中なのか、すんなり分からないんですけど、この定番のメリーゴーランドが止まっている時点で、ちょっと何かね、寒さを覚えるみたいとこあるじゃありませんか？

「これ、大丈夫かな？」みたいな。で、入り口んとこに、「これと、これと、これは休止中です」みたいなものが貼られていたような気がするけど、そんなに気にしなかった。30のうちのもしかしたら10近くぐらいは、動いてないのかも知れないというのは、見渡すと他のアトラクションもパパパパッて見えるし、家族連れ、恋人同士かなみたいな人も、ちらほら居る中で、アトラクションが見えるところにあるもの、見えるところのどれもが基本、……動いてないんですよ（爆笑）。

ちょっとね、せっかく渋谷らくごなんで江戸弁風に言うと、動いてないんですよね（爆笑）。何一つ、動いてないんですよ、これが。だから、人が行けば動くものなのか？　行っても動かないものなのか？　ちょっと遠目だから分からない。それチェックしてくりゃ良かった。でも、しょうがない。もう、ここまで来ちゃったからね。とにかく広大。丘というより小さな山を切り崩して、そこにアトラクションが点在してあるみたいな感じなんで、だから基本は、上り坂、下り坂みたいなね。遊園地全体がそうなんですよ。

　で、そこに来た目的っていうのがね、今、私の娘に第2次恐竜ブームが訪れていまして、そこにどういう訳かそのサントピアワールドが、恐竜の二つぐらいね、推しで持っているんです。恐竜ジェットコースター、それからダイナソーアドベンチャーツアーね、凄いよ。もうディズニーランドがやりそうな名前つけてるんですよ。じゃあ、娘はジェットコースターNG、恐竜だろうとなんだろうと、NGだって言うから、ダイナソーアドベンチャーツアーしかないよね？　この目的としては。でも、そこに行こうと思うんですけど、結構な距離感がまずあるし、上り坂だしね。それから、35℃の炎天下、遮るものが無い。汗だくで歩いているから、絶対まず道を間違えたくない。間違えて戻ったらね、一つ道を間違えたら大変だから。そのマップ見ながら行くと、……ありがたいことですよ。三十凸凹ぐらいのスタッフの方、滅多にスタッフ歩いてないんですけど、すれ違って、

「あっ、すいません。あのダイナソーアドベンチャーツアーに行きたいんですけれど、あの、やってますか？」

「やってます」

「ああ、良かった。良かった。……あの、道、合ってます？」

「はい。まっすぐ上っていただいて、ちょっと右のほうに行ったとこにございます」

「ありがとうございます」

それから3、4分ぐらいかな。「結構、坂あるね？」なんて上って、アドベンチャーツアーの入り口のとこに行きましたら、その道を訊いたお兄さんが座ってるんですよ（笑）。

デジャヴ？（爆笑）　双子？（笑）　え？　どういう訳？　これもだんだん分かってくるんですけど、今、30のうちの20いくつが動いてるアトラクション。その中で必ず人が来るような大観覧車であるとか、ジェットコースターのところは、常駐のオジさんなり、お兄さんが必ず1人座っているんですけど、他のあんまり人が来ないようなところは、常駐するだけの人数が無いんですよ（笑）。

多分二十数個のアトラクションを、十何人ぐらいで回してるんです（爆笑）。だから、「あそこに向かってる人がいるぞ！」ってなると、パァッと走ってきて、先回りで待ち構えるみたいな……。凄いんですよ。涙ぐましい努力でやっているんです、人員削減で。

クラファンに応えているんですよ、そういうやり方で経費削減して。ただ、その一方で常に、「（あたりを見回して）見られてる」って（爆笑）、「なんか見られてないか？　オレたちの動きが」みたいな……。そんなことを感じながら、ダイナソーアドベンチャーツアーのところに着きました。名前がアドベンチャーツアーだから、「乗り物に乗らしてくれんだろう」と思っていたら、「結構な山道なんですけど、自力で歩いて上っていただくカタチで、どうぞ」（爆笑）

そしたら、アータンが足があんまり良くないんで、「私、ちょっとやめておくわ。太」「せっかく、来たのに～」って、娘ががっかりしてね。「しょうがない」って、３人で行くんですけども……。

これがね、謳い文句が、「約20体の恐竜のロボが、太古の森にいます」みたいな。結構なねぇ、密林みたいになっているんです。だからねぇ、本当の山だから、もう演出を超えた山になっている（爆笑）。もう、コントロールしきれてない自然の力が、そこに立ち上がってきているんですよ。

道はアスファルトで歩き易いんですけど、常に上り坂で、下のところとかは綺麗にしてんだけども、上の木々がさぁ、トンネルまではいかないけれど、こう枝が交差しているところもある訳ですよ。そうすると、たまにわたしぐらいの１８３センチが通ることがあんまりないんでしょうね。

もう、歩き始めると、「ワァーッ！　蜘蛛の巣！　ワァーッ！（爆笑）これは演出なのか？　違うな、きっと……」みたいな。なんか通常に無い演出も加わった密林感がある中、「ウワー、ウワー、ウワー」なんて言いながら、35℃に照らされながら、

〜汗を拭って進みます
まもなくすれば現れたぁ　茂みの中ぁに恐竜ロボ
大きさこそは小さめだけど
結構リアルな作りです　そして一番ビックリするのが
近づいたなら動き出す　ちょっとしたぁぁぁ　冒険気分んんん

まず人が居ないということと、それから鬱蒼としてもの凄く草木が生い茂ってるってことで、道の両サイドにたまに恐竜が居るんですが、それが見渡せない訳ですよ。人が、もし居れば、「あ、あのあたり、今、人が騒いでいるんだ。恐竜が居るんだな」ってことが、分かるんですけど、それがないから、割と近くまで行って、「おお！　居たぁ」（爆笑）。「ああ、恐竜居たぁ」ってなるし（爆笑）、センサー式に

なっているんですよ。だから、人ん家の前に立ったときにさぁ、「お前ん家、気にしてねぇよ」と思うけど、勝手に照らしてくるセンサーライトってあるじゃないですか？（爆笑）「何、過敏になってんだよ？」みたいな……。あれの距離ってバラバラでしょう？　あれと同じで、その恐竜、1体、1体で、その距離感が違うんですよ。

なんか結構、初め、結構、遠目から「ガーァ、ガーァ」って、「ああ、居る。居る。ああ、恐竜居たよ。ちゃんとジュラ紀とか、白亜紀の順番になっているんだ」って、分かるのもあれば、結構、「これは、……動かない奴か……。ああ！　動いたぁ！　動いたぁ！」って、割と近くまできて動き出す奴も居れば、その20体が全部動くようになってないんですよ。つまりだから、もの凄く動きそうな奴が、動かなかったりするんですよ（笑）。これが一番驚くんですよ。

「動くぞ、動くぞ、動くぞ。これ絶対動くぞ、この顔は。こいつ……、動かない！」（爆笑・拍手）

この感覚でいったら、

「……死んでる」（爆笑）

死体を見つけたときみたいで、なんかね。「動かない！　これ！」みたいな驚きがあったりとか（笑）。とにかく、もう飽きないんですよ。

滅茶苦茶、楽しいんですよ。20体ぐらいだから、2、3分置きぐらいに恐竜が現れて。

これも飽きさせない工夫でしょう。カードみたいな1枚のハガキ大のものを娘に渡されまして、で、「クイズだ」と。「5問あるんだ」と。それに正解したら、「恐竜博士認定書の賞状貰えますよ」みたいな、そういった趣向をね、非常に心配りがあるんですよ。子供が挑戦するヤツだから、やっぱ簡単ですよ。それによくあるでしょう？　問題でもさ、問題をよく見ると、ヒントのところに、「それ答えじゃん」って、書いてあるみたいなことあるじゃないですか？

「この恐竜は、何を食べるでしょう？」って書いてあって、3択になっているんですけど。そこに、「この何々ザウルスは、口の形から、草食でございました」みたいなことが書いてある。これ読めば、

「あっ、書いてある。書いてある。娘ちゃんよ。書いてあるぞ」

「（子供の口調で）あ、草食だ」

「じゃぁ、Bだ」

みたいな感じで、分かっていくんですけど、この5問中の1問だけ、解説のところにも、何もヒントが無いのが1問あって、「この恐竜の寿命は、何年でしょう？」みたいのがあるんですよ。

でも、そこでね、スマホを出して調べるのも、無粋じゃないですか？　子供の楽しみを奪うようだから。娘も結構、恐竜博物館とかミュージアムとか、この夏、かなり行って図鑑とかも買ってるから、知識あるんですよ。

「(子供の口調で）この白亜紀のこの恐竜は、これ、5年だと思う」

　みたいなこと言って、

「きっと、5年。きっと、5年。確か5年」

　とか言って、丸付けて、他の4問はですね。見れば、「後ろ足に何本指があるでしょう？」、これ、みんな、恐竜を見れば分かる訳だからね。そういったものをクリアしまして、15分から20分ぐらい歩きましたかね。もう汗だくになって、お兄さんが待ってるところに戻りました。

「戻りました」

「お疲れ様でした」

「(子供の口調で）楽しかったです」

「お嬢ちゃん、クイズ……」

「分かりました。こちらです」

「はぁ～い。……B、A、……あ、あ～！　残念です！　この寿命のところ、これね、25年なんだよね。残念でした」

「ああ、そっかぁ〜」

みたいな、娘も結構、自信があったんでガッカリなんかして。でも、「こういうところで間違えることの大切さもあるだろう」みたいに思って。でも、「恐竜博士の認定証は、ちょっとあげられないなぁ」みたいなことになって、「う〜ん」なんてね（笑）、娘もやっぱりガッカリする訳ですよ。

〜ガッカリしている娘を見て　ニッコリ笑ったお兄さんがぁぁぁ

恐竜博士認定証を　これをそっと持ち上げて

お嬢ちゃん頑張ったから4問正解だったし

特別恐竜博士認定書をあげますよ

あぁぁぁ　そんなこともなくぅぅぅ（爆笑）

「残念だったね〜」（爆笑）。「え〜」みたいな。娘も、「言っても貰えるんじゃ

……」みたいなところがあったんです。わたしもカミさんも、4問正解したし、言

ってもおもちゃでね、いっぱい山積みされているから、言ってもくれるんでしょう

みたいな……、

「残念でした」

みたいな感じで。「あ〜あ、そうですかぁ……」みたいでね。「でもね、これ参加した方には、皆、このバッジの中から、六つある中から好きなのを選んでね」

みたいに、一応ね。ちゃんと飴と鞭みたいのがあったりするんですけど（笑）、「ちょっと鞭が強いんじゃないの？」みたいにわたしは（爆笑）、こう思いながらですね。でも、娘はバッジを貰ってね、満足はしてたんですけどね。

なんかね、皆に参加賞としてあげたって、これが100人から控えていてね、それが無くなっちゃうっていうんだったら、イイんですけど、その日、多分ね、ウチともう1家族ぐらいですよ、多分。アドベンチャーツアーしたの。「賞状の1枚ぐらいね、くれたっていいんじゃない」なんて帰り思いながら、いや、でも、あそこは恐竜の世界だから、厳しいのは当然だ。弱肉強食だもんな……、

〜ちょうど時間となりましたぁぁぁ（爆笑）

アッハッハッハ、こんな感じで終わりませんけれどもね。最後に一節唸って、耳寄りな情報を一言お伝えして、お別れとしたいと存じます（三味線）。

〽そのあとも山道上りまして　大観覧車にゴーカート
親子3代で　アトラクションを満喫し
せっかく来たのだからやってみるかとぉぉぉ
一番目玉のアトラクション　恐竜ジェットコースター
わたしとカミさん2人で　どうせ大したことないと
乗ってみたら意外や意外　涙出るほど怖かったというぅぅぅ（爆笑）
サントピアワールドの1日

皆さんね、これを聞いて、「ちょっと行ってみたい」という方は気をつけてください。開園日が割と少なめでございまして、火、水、木、休みでございますんでね（爆笑）。

〽1年間乗り物乗り放題で遊べるサントピアワールドシーズンフリーパスの
その値段が！　1万6千500円！　安すぎるだろう！

余興はつらいよ

２０２３年11月15日　ユーロライブ『渋谷らくご』

曲師　玉川みね子

〽ときは先月17日　ところは東京有楽町
東京會舘ローズの間にて　開催された催しは
講談師一龍斎貞鏡［＊1］真打昇進披露パーティーという
出席してきた物語
隣におります玉川みね子お師匠さんの三筋の糸に乗せまして
時間来るまでぇぇぇ　務めましょううぅぅ（拍手）

昨日からですかね、貞鏡さん、いや、もとい貞鏡先生の真打披露興行のほうが始まっていますけれどもね。落語も講談も同じで、浪曲はないんですけど、真打制度を設けたところは必ず真打披露興行の前に、……大体1ヶ月以内ぐらい前に、真打披露のパーティーというのを開催するんですね。

［＊1］一龍斎貞鏡……講談師。２００８年父である故・八代目一龍斎貞山に入門し〝貞鏡〟。２０２３年同名のまま真打昇進。祖父は怪談で有名な通称〝お化けの貞山〟と呼ばれた七代目一龍斎貞山、義祖父は六代目神田伯龍。

それは真打以上の仲間が出たりとか、お招き受けた、ご招待を受けた人が出るんです。まぁ、結婚披露宴に呼ばれているみたいなのと同じでございます。その他、ご贔屓様、お客様、大概ね、300人なら、150人ずつ、芸人が半分、お客様半分みたいな感じなんですよ。それがもっと大きくなると、400人、500人規模になってくるんです。

そこに余興で出て参りまして、もちろん円卓のほうにも座席をいただいて、お料理もいただくんですけれども、その余興をまずメインで先に頼まれまして、それを引き受けて演ってきたって話なんです。

で、まぁ、真打の披露目の余興、何となくね、ご案内のお客様もいるかも知れないですけど、知らない方のため申し上げると、そのパーティーのいろいろ祝辞だとか、いろいろお祝いの中で、これも結婚披露宴と同じでね、友人たちの、何か余興みたいなものが入るじゃないすか？　お楽しみコーナー。これは芸人の真打披露でも同じでございます。

必ず、1本、2本、大きな場合は3本ぐらい入ったりするんですね。それを今回頼まれまして、……というのは今回初めてではなくて、わたしもその真打ち披露興行で、パーティーで余興を演るのも、今回5回目でございます。……厳密には4回なんですけど、最初が2017年で、三遊亭朝橘兄さん［*2］の披露パーティー

［＊2］三遊亭朝橘兄さん……落語家。2004年六代目三遊亭圓橘に入門し〝橘也〟。2017年真打昇進〝朝橘〟に改名。

で、これが初めてでございました。全く初めてで、そのときに朝橘兄さんから、

「俺のちょっとさぁ、一代記、半生記みたいなのさぁ、太福君、ちょっと作って唸ってくんないかな」

と、頼まれて、兄さんからエピソードを伺って、わたしも、その時点でまだ落語講談でいう二ツ目の境遇であったし、披露のパーティーに出たことない訳ですよ。だから、その余興の雰囲気も分からないんだけど、必死になってエピソードをまとめて一席にしたら、……そのあとに知るんですけど、余興って1本、まぁ、短ければ歌だったら5分、長くても10分ぐらいのところを、そのときもう知らないから、『三遊亭朝橘一代記』、もう20分弱ぐらい演っちゃった訳ですよ（笑）。

で、そのときになかなか上手いって、そのあと、円楽師匠［*3］の事務所から、もう地方のホールのね、それこそ円楽師匠の独演会とかの仕事をバンバンいただけるようになった。滅茶苦茶そこで経験させていただいたんですよ。

そこで1回成功しました。そのあと、披露パーティーという盛大な場ではなかったんですけど、柳家東三楼兄さん［*4］とですね、……今、ニューヨークに行ってらっしゃってですね、英語落語で頑張ってらっしゃる兄さんがいるんですけど、東三楼兄さんの『ニューヨークに行きます』パーティーみたいなところで、ちょっとお酒の上の失敗の多い兄さんだったので、お酒の上の失敗をまとめた『柳家東三楼

［＊3］円楽師匠……落語家六代目三遊亭円楽。１９７０年五代目三遊亭圓楽に入門し〝楽太郎〟。１９７６年同名のまま二ツ目、ほぼ同時にテレビ『笑点』大喜利メンバーとなり長い間活躍し続けた。１９７８年大師匠と共に落語協会を脱会し後の〝五代目円楽一門会〟へと移籍。１９８０年〝楽太郎〟のまま真打昇進。２０１０年六代目円楽を襲名。その後も「博多・天神落語まつり」などをプロデュースし、東西落語界並びに五代目円楽一門会を支えた。２０２２年逝去。

［＊4］柳家東三楼兄さん……落語家。１９９９年三代目柳家権太楼に入門し〝ごん白〟。２００２年二ツ目で〝小権太〟。２０１４年真打昇進し三代目柳家東三楼を襲名。

反省記』。これはねぇ、半分の生まれじゃなくて、反省するのね……（爆笑）、「こんな失敗しました。こんな失敗しました。どうですか？」みたいな、そこで笑っていただいてね（爆笑）。「これから世界に飛び立つんですよ」みたいなね。

その兄さんのパーティーでも、そこそこ受けました。エピソードが面白いから。で、２回の成功体験があって、３回目で私が引き受けたのが２０２０年でコロナ直前でした。そのあとコロナに入って、披露パーティーで飲食が全て無くなります。

最後のコロナ前の飲食付き、お酒付きの披露パーティーが、伯山さんの真打披露のパーティーで、２０２０年の2月でございます。浅草ビューホテルで５００人。ジブリの鈴木プロデューサーや、高田文夫先生やらね、錚々たる人の前で、……ざっくり言うと、わたしはその10分の余興で、……スベりました（爆笑）。スべったんです、滅茶苦茶。本当にスべったんです。なかなかね、ハードな場ではあるにしても、見事にスべった。というのは、ちょっと油断してた、２回の成功体験。それが、シブラクでも演りました『伯山さんとわたしとの思い出の浪曲』。旅に行ったらね、こんなことありました。まぁ、それがね、わたしの作った新作の身辺雑記の中でも代表作ぐらいに、お客様に喜んでもらったヤツです。

それはどういうことかというと、……伯山さんと一緒に過ごしてて、「そこは、ちょっとどうなの？　俺のほうがちょっと先輩だね。それは、どうなのよ？」みた

［＊5］坂本頼光先生……さかもとらいこう。活動弁士（無声映画を上映する際にセリフなどを入れつつ解説する者）。落語芸術協会所属。２０００年東京キネマ倶楽部でデビュー。２００4年からは自作のアニメ動画を制作しこれに声帯模写を入れつつ説明をするという自作映画活動弁士としても活躍中。

いなことを、ちょっと弄(いじ)りながら、それを笑いにして、喜んでいただくみたいなネタなんです。「この形で演れば、きっと上手くいくだろう」と思って、そのカタチで作って、10分ぐらいのエピソードを。わたしと一緒のときの、「それはどうなの、伯山さん?」みたいなことを突っ込みながら、最終的には、「講談界を背負って立つ人よ〜」って、お祝いの一席なんですけど、だから、それは、その内容でスベると、どういうことか分かります?

ただ10分悪く言って下がっていく（爆笑）。本日の主役のただ悪口言って下がっていく（爆笑）。もう最低のスベり方をしちゃったんですよ（笑）。そのあとね、坂本頼光(らいこう)先生[＊5]の活弁、松村邦洋さん[＊6]、その2人で大爆笑でしたから、わたしだけが大怪我しちゃったのね。「本当に、申し訳ないな」と思っていますので、伯山さんにそりゃぁ詫びなきゃいけないでしょう。パーティーが終わったあと、

「本当に申し訳なかった」

やっぱり伯山さんね、人間が大きいから、すぐに慰めてくれて、

「いや、なんかマイクの調子が悪かったみたいです。兄さんね、それに今日みたいな場のために素晴らしい一席作ってくれて。ありがとうございました。そして何より、私も勉強になりました。おそらくですけど、こういうパーティーでの、余興の正解。……それはサンバでした」（爆笑）

[＊6] 松村邦洋さん……まつむらくにひろ。お笑い物真似タレント。大学生の頃出演した物真似番組にてビートたけしなどの物真似で認められプロの道へと進んだ。その後『進め！電波少年』のアポなしロケや『オールナイトニッポン』のパーソナリティなどでタレントとして有名になった。太田プロ所属。現在はユーチューバーとしても活躍中。

「……え?」

「兄さん、サンバが正解でした」

「……フォローなのか? 何か、よく分からない。

「……でも、そうだよね。サンバが正解だよね?」(爆笑)

って、御礼を言いながら。そこで、「いやぁ〜、やっちゃった」と経験としてある訳ですね。

そして、昨年でございました。4回目となる余興の場、それが春風亭昇也さん[*7]、春風亭柳雀さん[*8]の2人でのね、披露目のパーティーのときに、柳雀さんのほうで頼まれまして、そこで東海大学の落研出身の『東海大学落研物語』みたいなものを唸りまして、昇太師匠はじめOBの方がたくさんいらっしゃる。テレビディレクターとか、放送作家の方なんかもいっぱい輩出してるんで、その落研。だから、映像がね、両サイドのスクリーンにワッと流れて、そこに「鹿児島から上京しました春風亭柳雀こと、溝口摂青年は……」とかって、当時の写真が出るみたいな映像と浪曲の合わせ技で、まぁ、これ「合わせ技1本」みたいな感じで、やっぱり上手くいったんです。映像の力もあるし、その台本の『東海大学落研物語』も面白かった。それで、成功した。

で、今回、お話をいただきました。今回は映像班というのが無くて、「わたし一

[*7] 春風亭昇也さん
……落語家。2008年春風亭昇太に入門し〝昇也〟。2022年同名のまま真打昇進。

[*8] 春風亭柳雀さん
……落語家。2008年瀧川鯉昇に入門し〝鯉ちゃ〟。2012年二ツ目で〝柳若〟。2022年真打昇進で〝柳雀〟に改名。

人で何とかしてください」ってことだったんで、「せめて写真だけお願いします」って、貞鏡さんの、この場面、場面に応じた写真をスクリーンに出していただいて、ご披露したというですね、そんな『一龍斎貞鏡半生記』、実際に余興で演った浪曲を聴いていていただきたいと思います（三味線）。

〽旅行けば　武蔵の国は　笹塚に
産声あげし　女の子
清き流れの一龍斎に　その名を残す
講釈師ぃぃぃ

一龍斎貞鏡、本名・浅井靖世さんといいまして、生まれましたのは昭和61年1月の30日、八代目一龍斎貞山先生［＊9］の長女としてお生まれになりました。今、美人講談師の代表が貞鏡さんでございますから、生まれた頃、その赤ちゃんの可愛さなんてのは、もう想像がつかない。実際、余興のときは写真が出てますけれども……。そんな、可愛い、可愛い貞鏡さん、父・貞山先生はどのようにお育てになったのか？　どのように愛情を注いだのか？　というとですね、朝、幼稚園小学校に貞鏡さんが行くときは、「パパ、行ってきます！」というときはですね、貞山先

［＊9］八代目一龍斎貞山先生……講談師。七代目一龍斎貞山の長男として生まれたが、父の逝去後四代目神田伯治（後の六代目神田伯龍）の養子となる。1970年父神田伯治に入門し神田伯梅。1977年真打昇進し八代目一龍斎貞山を襲名。1989年文化庁芸術祭賞を受賞。2021年逝去。

生、お父っつぁん、布団の中から静かに見送りまして（笑）、「ただいま！」と帰ってくる頃には姿なく、「おやすみなさい」っていう頃にも、姿なく、唯一動いている姿を見せるのは、ゴルフに行くときだけというですね（笑）、大変に淡泊……いや、素敵な距離感でございまして。もちろんね、とんかつ屋さん、ラーメン屋さん、美味しいお店屋さんには、たくさん連れてってくれたけれども、決して講談会であるとか、稽古場、そういったところには、娘を立ち入らせなかったんです。

そして、折につけて、

「（八代目貞山の口調で）いいか、お前の人生、好きにやれ。講釈なんて家業じゃねぇし、第一、女が演るもんじゃねぇだろう。なるんじゃねぇ！」

実際、パーティーの場でこれ演りましたら、最前列に座っていた、円卓にいらっしゃった講談協会会長の宝井琴調先生［*10］が、

「オウッ！　ソックリィ！」（爆笑）

……野次のような掛け声をくれまして（笑）。で、やっぱり芸人さんはねぇ、同じ仲間だから応援しながら聴いてくれて、ありがたいですね。実際、そんなふうに言われていた。でも、いくら、お父っつぁんが遠ざけても、もうサラブレッド中のサラブレッド、父が八代目貞山、祖父が七代目貞山、義祖父、義理のお祖父ちゃんが六代目神田伯龍という、その血が流れてる貞鏡さんでございますから、

［*10］宝井琴調先生……講談師。1974年五代目宝井馬琴に入門し〝琴僚〟。1985年真打昇進で〝琴童〟、同年師逝去後四代目宝井琴鶴（後に六代目馬琴）門下に移籍。1987年四代目宝井琴調を襲名。現在講談協会会長。

「ええい、講談会、稽古場に来るんじゃねぇ！　来るんじゃねぇ」と、言われて貞鏡さん、どうしたか！　……行かなかった（笑）。行かなかったんですね。血がまだ目覚めてないときは、やっぱり行かなかったんですね（笑）。中高生の頃は、テニスに夢中という、講釈とは全然無関係の青春時代を謳歌されましたが、やっぱり血は争えないもの。その日は突然に訪れます。

貞鏡さんが20歳のときに、

［QR16］

〽ときは平成18年　ところは国立演芸場ぉ〜
講談かぶら矢会に　何の気なしに訪れたら
やがて高座に現れたぁぁぁ　黒紋付の父貞山
読むのは　怪談牡丹灯記（ぼたんとうき）ぃぃぃ
えもいわれぬ美しさ　父の姿の品の良さ　衝撃受けた貞鏡さん
なんて講釈はぁぁぁ　美しいんだとぉぉぉ

お父さんに弟子入り志願をする訳でございますが、ただ、貞山先生、それまでの女性の志願者が来るたびにですね、……今は、女性のね、講談の方がドンドン増えていますけど、貞山先生だけは、それまで絶対にとらなかったんです。なんて言っ

［QR16］

て断ったかっていうと、

「（八代目貞山の口調で）いいか、講釈ってのは、４００年の間、代々男が築き上げてきた芸だぞ。……女が演るもんじゃやねぇ！　帰った！　帰った！」

そうやって全員、女の志願者を断っていた貞山先生に対してですからね、

「（女性の口調で）お父さん、わたくし、講釈が演りたいんです」

「バカヤロウ！　女が演るもんじゃぁねぇ！」

「でも、わたくし、講釈が演りたいんです！」（笑）

「バカヤロウ！　女が演るもんじゃぁねぇ！　ダメだ」

「でも、お父さん、お願いします……」

「ダメだ！　ダメだ！」（笑）

「お父様ぁ！」

「ダメだぁ！」

こういうやり取りは……、なかったんですけど（爆笑）。実際、どういうやり取りがあったかというと、

「ねぇ、パパぁ。……私、講釈師になる」

なんて軽い！　そんなふうに断ってきたお父っつぁんに対して、何て軽い弟子入り志願でしょう。その軽い、軽い入門志願に対して、貞山先生、お父っつぁんは何

と言って答えたか？

「うん、イイよ」

「イイよ！」（爆笑）、まさかの「イイよ」（爆笑）。娘さんは軽かったけれど、お父っつぁんはもっと軽かったという、

〽同じ血じゃもの　肉じゃものぉぉぉ

あっさりと入門を許されました貞鏡さんでございます。その翌年の平成19年の12月28日に薬研堀（やげんぼり）不動院での張り扇（はりおうぎ）供養［＊11］というのが、見習いの初日でございました。

（講談の修羅場口調）さて、その日のいでたちを見てあれば、ミニスカピンヒールにて楽屋入り（笑）。先輩方から白い目で見られる（パン、パン）。

実際にねぇ、500人の反応もこんな感じでした（笑）。ここはあんまりウケなかった（笑）。一応、講談口調で演ったんですけれどね（爆笑）。いよいよぉ！

〽前座修業が始まった　まずは親子の関係から
師弟関係にならねばと　お父ちゃんと靖世から

［＊11］張り扇供養……毎年12月28日、東日本橋にある薬研堀不動院にて張り扇の供養としてお焚き上げを行っている。張り扇とは講談を読む際、調子を整えるため演台を叩く専用にそれぞれの講談師が和紙などで作るもの。したがって普通の扇のように開いたり閉じたりはしない。

師匠貞鏡と呼び合うところ　そのお稽古に始まって
それまで楽しかったご飯を食べるという席さえも
厳しい修業に　早変わり

貞山先生は、大変に召し上がるのが早かったんだそうでございます。そうすっとね、我々何が大変かっていうと、ご馳走になるとき、この後輩、特に前座なんていうのは、ご馳走してくださる師匠、先生方よりあとに食べ始めて、先に食べ終わらなきゃならない。その師匠が早食いだったら、大変な訳で。特にね、女性ってのは男性よりね、比較的召し上がるのがゆっくりだから、余計大変なんです。

ある日のことでございました。打ち上げでラーメン屋さんに行きまして、貞鏡さんの目の前には、先輩前座のお姉さんが座ってらっしゃる。貞山先生が箸をつけた！　さぁ、先に食べ終わらなきゃって、その先輩前座のお姉さんが、「キュキュキュ、ズズーゥ！」って（笑）、急いで食べていた。急いで食べると、むせるでしょう？　特に汁物なんてのは。

「オホッ！　オフォ！　オエー！」

お姉さん、大丈夫かな？　って、貞鏡さんが見ていると、なんとその先輩前座のお姉さん、鼻からラーメンをスッと出した（爆笑）。……実際、このパーティーでもねぇ、その、余興の出番の前にですね、30分ぐらい席座ってたんで、そのとき軽く前菜とスープぐらいまでは食べたんですけど、それ以降は出番前なので食べなかったんです。そのスープを食べるときに目の前にいた柳枝兄さん〔＊12〕が、そのスープが変なところに入っちゃって、「オフェ、オフェ、オフェ」と死にそうなほどむせていたんですよ（笑）。それを私も、そこでね、パッとアドリブでね、

「先輩前座のお姉さんがむせて鼻からラーメンを出して、さっきそこのテーブルで、柳枝師匠が同じようになっていましたけどね」

って、言ったら、柳枝兄さんも、

「おうおう、そんなこと言うなよ！」

って、そこでワッとウケたりなんかして、やっぱり5回目の余興となると、それぐらいアドリブが利いてくるものでございますけどね（笑）。そんな楽しい修業ばかりじゃない。

「気が利かねぇな！」

ある日の楽屋で先輩からきつく怒鳴りつけられた貞鏡さん。泣きべそをかいてしまったその日に帰りますと、

「（八代目貞山の口調で）二度と泣くんじゃねぇ！　女を見せるんじゃねぇ！」

師匠貞山先生に初めて怒鳴りつけられた瞬間だったそうでございますが、

〔＊12〕柳枝兄さん……落語家九代目春風亭柳枝。2006年春風亭正朝に入門し〝正太郎〟。2021年真打昇進で九代目春風亭柳枝を襲名。

〽厳しい修業のかいあって　平成24年に二ツ目に昇進する
まもなく始まりましたわたくし太福との二人会　木馬亭という
浪曲の定席で始まりましたその二人会は
諸事情で3回で中止となりました（笑）
父貞山先生との親子会　その他修業に励みまして
プライベートも充実で　平成28年にご結婚
4人の子宝にもぉぉぉ　恵まれてぇぇぇ

そして令和3年4月に講談協会の理事会でもって貞鏡さんの真打昇進が決まる訳でございます。このときの貞山先生の気持ち、お父っつぁんとして、どれほどであったでしょうか？　その喜びも束の間でございます。

それから僅か一月後の5月26日。既に身を削って、命を削って、心臓がね、半分以下ぐらいしか最後はね動いてない。そんな状態でも、

「いや、俺は命を削って講釈を演るんだ」

ってね、高座に上がり続けていたそうなんですが、5月26日に貞山先生、急逝されてしまう。あまりの悲しみに、茫然自失の貞鏡さんではございましたが、何より

も、何よりも、天国に行かれた父、師匠を心配させちゃいけないと、悲しみを乗り越えて立ち上がります。

〽一龍斎のお家芸　赤穂義士伝に始まぁって
講釈の基礎である修羅場読みの会
そして何より貞山先生が得意にしていた演目を
勉強する会　始めます
努力　研鑽　積み重ね　令和4年の文化庁
芸術祭におきまして　修羅場の会で参加して
見事に新人賞にぃいぃ　あぁぁぁ　輝いたぁぁぁ
姿形は見えねども　師匠の背中を追い求め　これからますます花開く

一龍斎貞鏡先生の物語は、ここからが始まり、このたびは誠におめでとうございます（拍手）。

まぁ、自分で言うのも何ですけれど、ホールスタッフの方も配膳とかずっとやってるから、ガチャガチャしている音もある中で、滅茶苦茶横広の会場で結構大変な中でも、何とかね、「これはよく出来たほうでしょう」って感じだったと思います。

あとは締めの挨拶ぐらいしかないから、すぐに着替えて円卓に戻る。こういうときは戻れる訳でございますよ。上手くいってるから（笑）。伯山さんのときは、戻れなかった（爆笑）。戻れないどころか、すれ違う人とね、もう会うたびに、「申し訳ありませんでした」って、項垂れて目を背けちゃいます。でも、そういうとき、芸人は優しいですね。先輩のね、ある真打の方と目が合うと、何も言わずね、「！」ってうなずいて慰めてくれる（爆笑）。今回は大手を振ってね、まぁ、自分で、「もうちょっと出来たかも知れないけれど、そこそこ上手くいった」って気持ちがあるから。自分が座っていた円卓のすぐ側に、たい平師匠[＊13]や喬太郎師匠[＊14]が居るから、「勉強させていただきました」なんて挨拶すると、もう喬太郎師匠は酔って、いい加減になっているから、

「ああっ！　たっぷり！」

って、いやもう終わっているから（爆笑）。「それも楽しいな」と思って円卓に戻ると、私の隣がこみち師匠[＊15]。その隣が、……伯山さんなんですね（笑）。「あぁ、兄さん良かったですねぇ。さすがです」みたいな感じなんですけれども、わたしの心の中で、

「伯山さんのときに……、すまん！」

みたいなね（爆笑）。

[＊13] たい平師匠……落語家林家たい平。１９８８年林家こん平に入門し〝たい平〟。２０００年同名のまま真打昇進。テレビ『笑点』大喜利ではその陽気なキャラで人気を獲得している。また古典落語にも真摯に取り組んでおり、年末の『芝浜を聴く会』を30年近く続けていることも評価が高い。

[＊14] 喬太郎師匠……落語家柳家喬太郎。１９８９年柳家さん喬に入門し〝さん坊〟。１９９３年二ツ目で喬太郎に改名。２０００年に同名のまま真打昇進。独自の世界観を持つ創作落語を数多く作り、また古典落語でもその技量は高い評価を得ている。

「いや、あのときだって手は抜いていないんだけど……」みたいな気持ちで、心の中でね、詫びる訳です。

「(伯山の口調で) 俺のときより、上手く演ってさぁ」(爆笑)

そんなことは言っていないんですけれども、でもねぇ、他の柳枝兄さんだとか、他の円卓に座っている方々は、「いや、良かったね！ 良かったぁ！」って、誉めてくれると思ったら、なんか、皆、どっかちょっとよそよそしくて、「(小声で) あ、どうも……。良かったですね……、お疲れでした」(笑)。なんかねぇ、ちょっと冷たいっていうかね、あんまり「ウワァー！ 良かったぞ！」って来ないんですよ。このとき、わたしは思いました。

ああ、……中村仲蔵[＊16]、こういう気持ちだったのかも知れない(爆笑)。

すみません、分かっていただいて。そんな訳はない。そんな訳はないんですけど、「なんかね、お互い照れ臭いからかな？」なんて思いながらも、結果的に上手くいった話なんですけど、実はこの話には、まだ続きがございましてですね。

〽実は今わたくしは　さらに1本余興を頼まれていてぇぇぇ
それは誰かと言えば来年3月抜擢真打ち
三遊亭わん丈さん[＊17]のパーティーでの余興

[＊15] こみち師匠……落語家柳亭こみち。２００３年七代目柳亭燕路に入門し〝こみち〟。２０１７年同名のまま真打昇進。

[＊16] 中村仲蔵……江戸時代中期に実在した歌舞伎役者・初代中村仲蔵をモデルにした講談及び落語の演目。出世するには血筋が必要な歌舞伎界で最下級の身分から江戸三座の座頭まで上り詰めた仲蔵。『仮名手本忠臣蔵』五段目で割り当てられた端役〝斧定九郎〟を革命的に変えた逸話が語られる。仲蔵が役柄に新たな工夫を凝らしたが、その斬新過ぎる演出ゆえに観客が拍手を忘れるほど惹き込まれるという場面があり、太福はこの場面になぞらえた表現として語っている。

そのとき余興でご一緒する　もう一つの余興ももう明らかにされており

それはぁぁぁ　それはぁぁぁ　サンバですぅぅぅ（爆笑）

サンバと共演！　やっぱり正解は、サンバなのか？　いや、正解は浪曲だとなるか？　この先はどうなりますか⁉

〽ちょうど時間となりましたぁぁぁ（爆笑）

［＊17］三遊亭わん丈さん……落語家。２０１１年二代目三遊亭円丈に入門し〝わん丈〟。師逝去後２０２２年三遊亭天どん門下に移籍。２０２４年同名のまま真打昇進。

【特典配信動画［ＱＲ17］】２０２４年４月16日　シブラク収録

玉川太福／曲師　玉川鈴

『パーティーで唸ってきました物語～前編～』ノーカット

三遊亭わん丈師匠の真打昇進パーティーの余興の様子を唸った身辺雑記浪曲！

是非、ご堪能ください。

［QR 17］

時候の挨拶

２０２４年２月13日　ユーロライブ　『渋谷らくご』
曲師　伊丹明

〽ときは今から11日前　時刻は朝の７時半
アラームが鳴るその前に　スマホの振動音で目を覚ます
表示を見れば見知らぬ番号　おそらく間違い電話だろう
応答せずにそのまま置いて　やがて表示される留守電メッセージあり
布団の中で　押しましたぁぁぁ（爆笑）

７時半ですよ、朝の。「何て非常識な！」って、「間違い電話だろう」と思いながらも、でも何かメッセージ残ってるから、「何なのかな、大体こんな早くから……」と、思ってましたら、

「（電話を耳にあてる所作）もしもし、８日に、あの、師匠にお願いしてございます、新潟三条の○○という者なんですけれども、……どうも来週お世話になりま

す。それでウチの社員がですね、あのう、昨日、師匠のホームページのスケジュールを確認したところ、ウチがお願いしております2月8日、その日に何か東京で会が入ってらっしゃって（……笑）、そんな報告を受けましたので、ちょっとその確認で、お電話をさせていただきました。あの、折り返しいただければ幸いでございます」

「……えっ！」（爆笑）

〽どんな　アラームよりもぉぉぉ　目が覚めたぁぁぁ（爆笑）

スパーンと目が覚めましてね。「ああ！」。で、自分で全部のメールのやり取りをね、仕事のやり取りを……、マネージャーも誰もいませんし、事務所にも入ってないから、全部やり取りしてるから、結構、詳細に覚えてるんですよ。記憶力が割とイイほうなんで、それでハッキリ思い出した新潟三条のほうの、とある企業さんの新年会での一席を頼まれました。今から、大体3、4ヶ月ぐらい前に、……4、5ヶ月前かな。

わたしが『笑点』に出たので、それ観てですね、ホームページ経由で、このご依頼が来まして、

「(メールを打つ所作) 師匠の『笑点』出演拝見しました。非常に面白かったです。是非ウチの新年会のほうでも、師匠の浪曲漫談一席ご披露をお願いします」(笑)
って、書いてあって、「いや、漫談じゃぁねぇんだけどな」(爆笑)。
そこまで覚えてるんでね、それからやり取りをして、『地べたの二人』[＊1] のね、銭湯編って、「え、ちょっと変わったのをリクエストしてくるんだな」と思いながらね。2月の8日って、その文字もよく覚えてます。打ち合わせもね、やり取りも、何度も何度もしてるにもかかわらず、……いつもね、スマホのカレンダーに全部仕事のスケジュール入れてるんですけど、それを見ると、2月の9日に新潟三条の会が入ってるんです。
8日でずっとやり取りしてね、9日なんですよ。意外とこれ多分ね、皆さんに知られてないと思うんですけどね。数字のね、8と9ってね、ほぼ一緒なんですよ(爆笑・拍手)。ほとんど一緒なんだよ。……そんな訳がない(笑)。そんな訳じゃないんすけど、なんか分かんないけど、ただのミスなんでしょうね。9日に入れちゃってて、じゃぁ、8日は何が入っているかというと、東京は『お江戸上野広小路亭』というね、キャパ70ぐらいのね、こぢんまりとした寄席でもって、噺家さんとの二人会、……相手は、大先輩、立川流立川談慶師匠 [＊2] との二人会ってのが8日にね、……だってわたしは8日が空いてるつもりだから、それを受けちゃったん

[＊1]『地べたの二人』……玉川太福の代名詞的な創作浪曲シリーズ。「地べたの二人～おかず交換～」電気工事作業員の先輩後輩二人が昼の弁当を食べながら会話するというだけの日常を切り取り、笑いのある浪曲に仕立て上げた。

[＊2] 立川談慶師匠……落語家。1991年七代目立川談志に入門し〝ワコール〟。2000年二ツ目で〝談慶〟に改名。2005年同名のまま真打昇進。

すよ。

それは昨年の暮れぐらいに決まった仕事で、もちろんチケットを作って、チラシも作って販売されてるんです。ね、談慶師匠、立川流のね、真打の師匠、わたしよりも芸歴16年弱ぐらい先輩です。知らない方のために、ちょっとね、補足情報で言うと、本当あのね、立川流ってのは、ヤ×ザなんですよ（爆笑）。……そんなことはない、そんなことはない、全然そんなことはない。ただね、落語界が4派あるとすれば、その中でも、「一番厳しい」と言われるようなのが立川流であったりする訳なんで……。

で、新潟三条の会は、新年会だからクローズの会ではあるんだけれど、でも、チラシを作って、そこに来るね、100人ぐらいの経営者の方ばっかりが集まるらしいんですけど、そのチラシも作って、その演目も載せて、写真も付けて、ってね。そのチラシのデータのやり取りして、作ってるから……。でも片や、大先輩の談慶師匠との二人会、もちろんこれも、『東京かわら版』[*3]に載ってるわ、チラシも作ってれば、SNSにも載ってれば、……ね、告知してる。

この二つの仕事を、目の前に来たときに、

〽あぁぁぁ　どっちの会のギャラがいいぃぃぃぃ（爆笑）

［＊3］『東京かわら版』……1974年創刊の演芸専門月刊誌。東京圏で行われる落語、講談、浪曲など演芸会全般のスケジュールを網羅している。また話題の演芸人のインタビュー記事やコラムなども毎回充実している。

　そんなことはない！　そんなことは考えないけど、身体は一つだから、どっちかに行って、どっちかは休み。休演か、代演か、延期にしなきゃならないけれど、

「いや、どうしようか？」って、答えなんか出ないまんま、でも、もうすぐね、折り返ししなきゃいけないと、思ったから、まだそれも8時前ぐらいでしたけど、

「（電話の所作）あ、もしもし、あの太福ですけど、はい、申し訳ございません。9日の日に、いただいたその仕事を、何か、その入れちゃってて、確かに仰ってた通り、8日に東京の会が入ってます」

「……そうですか、どうしましょうか？　師匠」

「いやぁ、そうですねぇ、……そうですね。向こうは確かに……、でもこちらの仕事が半年ぐらい前から、先に入ってるんですけど……」

「でも、師匠、アレでしょう？　東京の会も、アレなんじゃないですか？　チケットも作って、チラシも作って、一般にアレしてる……」

「そうなんですよ。だから、今からちょっと、その先方の席亭さんのほうに、主催者さんサイドのほうに、ちょっと連絡をしてみるんですが……。ちょっと、どうなりますか」

「じゃぁ、師匠、アレですか？　万が一のとき、もし万が一のときは、なんか代演

でなんか面白い浪曲演ってくれる浪曲師さんを代わりにご用意いただくようなことってのは可能ですか？」

「ああ！　もちろんです。もちろん可能です！　はい！　それは、もう、もしもの時は必ずいい浪曲師を選ばせていただきますから……」

〽叱られるでもなく　怒鳴られるでもなく（爆笑）
万一のときは代演でも構わない！　渡る世間に鬼は無いぃぃ
ああ、あのときも　そうでしたぁぁぁ　皆の優しさ　助けられた
人生2度目のダブルブッキングゥゥゥ（爆笑）

そう、今回2月8日のダブルブッキングは、わたしの芸歴約17年の中において3回目だったんです。じゃぁ、その前の第2回目のね、ダブルブッキングがいつかというと、……先月なんですよ（爆笑）。今年もう2回やっちゃってんですよ。それが1月の8日ね、成人の日でございまして、東京の『なかの芸能小劇場』[＊4]というところで昼夜の2公演で、若手を中心に浪曲師がね、5人ぐらいずつ出て、ちょっとにぎにぎしくね、新春の浪曲大会みたいのをやろうって。それが入ってね。もう一つ入ったのが、名古屋の『大須演芸場』のほうでの、わたしの独演会なんです

[＊4]『なかの芸能小劇場』……中野駅北口からほど近いところにある劇場。中野区が芸能振興のため1995年に設立した。110名収容の客席は演芸などの催しにほどよく毎月多くの演芸会が行われている。

よ。

それはなぜかっていうと、最初にその大須の独演会が15日で、最初決まってお
り、1年ぐらい前に決まってたんですけど、それがまもなく、
「やっぱり太福さん、8日に変えてもらえます」
って、もちろんそこは空いていたから、
「分かりました。8日にしましょう」
ってなったのに、その8日にスケジュールを動かしてなかった。その1ヶ月前ぐ
らいのときまで、12月の頭ぐらいまでずっと15日で予定してたのが、……それが8
日だったんです。

8日空けてるから、そこに中野の会も入れちゃった訳ですよ。それは昼夜で5人
ぐらいずつ出る中で、その浪曲師の顔付けだとか、一番先頭に立って、なんかこ
う、仕切っているようなね、わたしが立場だったんです。だからわたしは昼夜入っ
てたんですよ。でも、独演会は替えが利かないから。中野のほうのね、夜は何とか
急げば間に合う、名古屋からでも。「昼だけちょっと休みにさしてもらおう」と、
そんなふうにお願いをして、そしたら席亭さんも、
「それは仕方がないですね。そうしましょう」
って、言って、元々がその5人ぐらい出るから、25分、それでも長いんですけ

ど、たっぷりめに演って、まぁ、代演は無しで、その代わり、やっぱ1本少なくなってね。ちょっと同じ木戸銭［*5］でも、ちょっと損が出るから、

「じゃぁ、分かりました。わたしのね、手拭（てぬぐ）いをご来場の皆さんに差し上げましょう」

って、こういうことにしたんですよ。それが分かったのが大体1ヶ月ぐらい前だったんで、12月頭ぐらいにそれが分かって、その頃のご予約数がね、キャパ100に対して、2、30ぐらいだったんですよ。

そこまでの初動でも1ヶ月近く売ってるから、これから増えても、まあ行って5、60本……ってなって、でもしょうがない。これ全部、オレの責任だから、……皆さんね、手拭いってのはね、100円、200円じゃないんですよ（笑）。300円じゃないんですよ。手拭いってのは。……350円するんですよ（爆笑）。いや、実はね、もうちょっと年々上がってて、そんぐらいするんです。でもしょうがないいね。お金のことなんて。オレが悪いんだから、「5、60本、しょうがねぇ」と思ったら、

「すいません、玉川太福出れなくなりました。申し訳ございません。ご来場の皆様に手拭いを差し上げます。これでどうぞ、ご勘弁ください」

みたいなことを宣伝したら、そこからもう急激に予約が伸びましてね（爆笑）。


［＊5］木戸銭……入場料のこと。

昼夜とも80人ぐらいになった。80本、わたしはね、手拭いを提供したんですよ。そしたらね、蓋を開けてみたら驚きました。その80人のね、手抜いが貰える人たちの中で、4、5人が、「いや、要らない」って、言ったんですよ（笑）。貰ってくれよ、せめて（笑）。分かるよ、そりゃ、浪曲師……、生粋の浪曲ファンに好かれない芸だってことは分かってんだけど（爆笑）、でも、ただの手拭いぐらい貰ったって、イイじゃない！　……みたいなことが、先月あったばっかりなんですよ。

話を戻しまして、2月2日になります。

「（電話の所作）そうか、もしも万が一のときは、分かりました。代わりの者を、必ず良い人を立てますから……」

そこから、

〽候補の人を探しまして　ネットで調べてスケジュール
確認しまして　万一そのとき　この人この人
どちらか頼めばいいかしら　でもその前に
やらなきゃいけないことがまだある
そう！　永谷さん［*6］へのぉぉぉ　ご連絡ぅぅぅ

［＊6］永谷さん……永谷商事株式会社。前述のお江戸上野広小路亭の運営管理をしている会社。他にお江戸両国亭、新宿永谷ホールなども運営している。

そうです。まだその時点でね、9時前でしたから、いくら何でもね、生き死にだったら別だけど、一応、8時ぐらいで電話かけるのは、「あれだな」と思ったんで、1時間弱ぐらいあったんで、まぁ、ちょっと起きてね。

じゃぁ、ご飯でも食べようかと、食パンを食べようと思うんですけど、もう食パンも、もう本当にああいうときってねぇ、……味が全くしないですね（笑）。あんなに美味しい小岩井のマーガリンが、何の味もしないですよ。もう滅茶苦茶マーガリンを塗っても、「全然味しねぇ」なんて思いながらね、食べて、コーヒーもね、ちょっと飲んで、落ち着いたりなんかして。じゃぁ、9時を回ったから、電話しよって、その永谷のね、いつも間に入って、顔付けしてるご担当の方に電話して、まもなく繋がりまして、

「（電話の所作）あのう、申し訳ございません。実はカクカクシカジカでございまして、あのう、ちょっと仕事が重なってしまいました」

「ああ、そうですか。どうしますか？」

「申し訳ございません。あのう、順番で言うと、向こうのほうが、クローズの会ではあるんですけど、半年ぐらい前から入ってまして。でも万一のときは代演っていうようなお話もあって、……如何いたしましょうか？」

「分かりました。じゃぁ、とりあえず、談慶師匠とちょっとご相談してみますか

ら、ちょっと太福さん、待ってください」

「分かりました。よろしくお願いいたします」

電話を切ります。それから30分も経たないうちに、その方から折り返しお電話で、

「はい！　もしもし、太福でございます」

「あっ、談慶師匠とお話ししましてですね、今回、ちょっと延期にしようということになり……」

「ああっー！　そうですかぁ！」

「ええ、それでですね。延期の日程はまた決めるといたしまして、そうですね。まぁ、幸いというかご予約が20から30ぐらいで、皆さんの連絡先分かりますので、ご予約の方には、これからこちらのほうで対応しますので、インターネットとかのほうは、太福さんのほうで、延期のご案内をすぐにしてください」

「分かりました。もう今から、すぐに、すぐにいたします」

「それから太福さん、直接、談慶師匠のほうにも、ご連絡をお願いいたします」

「もちろんでございます。すぐにお電話させていただきます」

そう、新潟三条のね、こちらの方だけじゃなくて、永谷のそのご担当の方も、

〜叱るでもなく　怒鳴るでもなく

渡る世間に鬼は無いぃぃ　とも限らないぃぃぃ（爆笑）

というのは、これから談慶師匠にね、電話しなきゃいけない訳ですよ。談慶師匠が、鬼かどうかっていう……（笑）。いや、鬼ったって怒るの当たり前、……当たり前ですけどね。そこまでわたしも、談慶師匠のことを詳しく分かる訳じゃないというのは、間柄ね、関係性で言いますと、前に仕事をご一緒したのが7年前なんですね。

で、その頃に、『全日空寄席』とか、そこでご一緒になったときに、

「（談慶師匠の口調で）ああ、太福さん、あなた面白いね。今度、俺の会に出てよ、ゲストで」

って、頼まれまして、呼んでいただいて、やっぱり上野広小路亭だったんすけど、その会のゲストとして呼んでいただいて、それが7年前なんですけどね。

それ以来、今回、……今回もその『しのばず寄席』の二人会で、「太福さんと是非演りたい」と、わたしをご指名だっていうね。……名指しだって、それを担当の方から聞いてたんですが、それにもかかわらずのダブルブッキングです。これはしょうがないことなんだけど、……そう、わたしの胸にこみ上げてまいります。そう……、思い返される。今から4年前のあの出来事が……（三味線盛り上がる）。

〽ときは2020年の4月のこと
今回と同じ　1日ずれた日に予定を入れてしまい
起きましたダブルブッキング
片や　独演会　片や　その大物大先輩のその会のゲストという（笑）
どちらも地方の関係で
人生　初のぉぉぉ　ダブルブッキングゥゥゥ（爆笑）

初めてやっちゃった。1日ズレたところで予定を入れちゃってて、地方の独演会と、地方の落語会のゲストで。これどうしてもね、「どっちか」ってことになったんですよ。ええ、これはもう独演会は、代わりが利かないからっていうんで、そっちをとるしかなくなっちゃってね。その大先輩からいただいたお仕事の、そのゲストというのは別の人が行くってことで、そのときわたしたちのほうではね、まぁ、わたしたちの世界では、失敗（しくじり）はやっぱ付き物ですから、そのとき如何にして詫びるかってのがね、何となくね、習慣というか、決まりごととしてあるんですよ。

　それで言うと、お詫びの仕方というか、持っていくもんなんかを教えていただいたってのが、6、7年ぐらい前なんですけど、もう十何年か一緒に会をやってる落語家の真打ちで某兄さんがいるんですけれども、その兄さんから教えてもらったんです。何かしくじっちゃったと、結構大きなしくじりを、その詫びにね、手土産として何が一番良いか？

「千疋屋のメロンが一番いい」っていうことで、某兄さんも誰かから聞いて、実際1万5、6千円ぐらいするメロンを持っててってね、何とかね、ことなきを得たというお話が記憶の片隅にあったんで、4年前のわたしの最初のダブルブッキングのときは、その記憶が鮮明のときでしたから、1万5、6千円ぐらいの千疋屋のメロンを買いまして、もちろんスーツで、……これもまた独特の風習なんですけど。お中元とかお歳暮も然りなんですけど、噺家さんの世界はね、アポなしで行くのが礼儀みたいなところがある。何でかというと、「何月何日、お伺いしてもいいですか？」と言うと、それはもう迎える仕度だとかね、先方の時間をね、拘束するみたいなことになるから、アポなしで行って、居なければ何回でも行くみたいな。そういう暗黙のルールがあるんですよ。

わたしもそのルールに則って、メロン買って、そのスーツで、アポなしでね。住所はね、名鑑というか住所録にあるからそのまま行ったら、幸いにもというか、その師匠が居てくださって、

「（頭を下げて）このたびは、誠に申し訳ございません！」

「……どうしちゃったの？」

「あの……、1日間違えてスケジュールを付けてしまっておりました。申し訳ございません。……本当に、（メロンを差し出す所作）詰まらないものなんですが」

「（メロンを受け取って）……こんなものを貰ったってしょうがないんだけどさぁ……、はい、分かりました」

「（頭を下げて）申し訳ございませんでした！」

それだけで、サッと帰るんですよ。で、まぁ、今になってね、冷静になって思えば、そりゃぁ、そうだよね。1万5、6千円だろうが、こんなの貰ってもしょうがない。そりゃそうですよ。わたしが帰ったあとですよ。そんだけ腹を立てて、腕組みして憮然とした師匠が、わたしが帰ったあと、

「やった！　千疋屋のメロンじゃん！」

って、なる訳がない（爆笑）。

「（扇子をスプーンに見立て）美味ぇな！　1万5千円！」（爆笑）

って、なる訳がないじゃないですか？　わたしの顔を思い浮かべて食べても、それこそ味もしないのかも知れない。でも、それでね、わたしの場合は、それで収まらなかったというか、もちろんそれで、それ以上何もなかったんすけど、本当にそのあと、何もなくなる訳ですよ。

……絶対に特定しないでください（爆笑）。絶対に！　だから、かなりぼやかして言ってますけど、そういうことがね、前回あったんで、いや、これはどうなったってしょうがない。

「（スマホを取り出す所作）怒られるかなぁ……、しょうがない。怒られたってしょうがない……、しょうがねぇな……」

と思いながら、

〽震えるその手でぇぇぇ　スマホを握りぃぃぃ
連絡帳を検索して　談慶師匠の番号を
押しますその前に　心の中で思うのは
怒鳴られたって仕方ない　何言われたって仕方ない
ただ　ただ　ただ　ただ　謝るのを　覚悟を決めてぇぇぇ
電話したぁぁぁ

「あっ！　もしもし、太福です」
「はい、もしもし……」
「あ、あの、師匠、このたびは誠に申し訳ございません！」

　そうしたら、談慶師匠、電話口で、

「手前ぇ、このヤロウ、バカヤロウ！」

　……そんなことは一言も言わず、わたしが、

「このたびは、本当に申し訳ございません」

と、言いましたら、談慶師匠が、

「やぁ、太福さん。イイよ、イイよ。あのさぁ、だって、もしかしたら、俺がそうしちゃってたかも知れないしね」

　こんなこと言えますかぁ（爆笑）⁉「オレがそうしちゃったかも知れない」、そんなことを、サァーッと言うんですよ。こっちに負担のないような言い方で、……何と懐の深い！　このときわたしはね、「ありがとうございます」って言いながら、心の中でこう思いました。

　二代目談志［*7］はこの人しか居ない（爆笑・拍手）！　二代目は談慶師匠で決まりだ！　絶対、談慶師匠だ！　二代目になるのは！

　そう思いながら、

「（談慶師匠の口調で）じゃぁ、延期の日程ね、また、それでよろしくお願いします」

「はい、延期の日程、これから調整で……。本当に、申し訳ございません」


［＊7］二代目談志……落語家立川談志。1952年五代目柳家小さんに入門。1963年真打に昇進し七代目立川談志を襲名。天才落語家として自他ともに認める存在で落語界だけでなくテレビを含め多くのメディアで大活躍をした。2011年逝去。太福が〝二代目談志〟と語った言い回しはこの天才・談志を初代に見立て、その談志のように立派であるという賞賛の気持ちを最大限に表現したのであろう。

って、電話しながら、「何て、いい人なんだろう」と思って電話を切った瞬間、やっぱりこうも思いました。

〽こんなに優しい懐深い　談慶師匠ならば
あぁぁぁぁ　メロン要らないかなぁぁぁ（爆笑・拍手）

そんな訳がないですね。それからまもなくのことになりますが、談慶師匠の本当の優しさに救われました（三味線盛り上がる）。

〽渡る世間は鬼ばかりじゃない
それからまもなく千疋屋で改めメロンを買いまして
お詫びに行ってお渡しさせていただいた
5月7日の18時　5月7日の18時（笑）
5月7日の18時　ところは、上野の広小路で（爆笑）
談慶師匠と太福の　二人会がございます
是非是非お越しを願いましてぇぇぇ（爆笑・拍手）
それから最後にもう一つ　ついでに報告いたしますと

行けました　新潟は　三条での新年会
１００人ぐらいの経営者を前にしまして『地べたの二人』
絶妙な　ややウケでしたぁぁぁ（爆笑・拍手）
まず！　これまでぇぇぇ

どうもありがとうございます（拍手）。

ちょっと余談になりますけれども、ダブルブッキングの先輩で言うとね、前に出ました柳亭小痴楽師匠がいらっしゃるんですけど（笑）、楽屋に行くと、わたしが、「（頭を抱えながら）兄さん、わたしもダブルブッキング、最近しちゃってて……。あのう、小痴楽兄さんって、今までどんぐらいダブルブッキングってしたことあるんですか？」

って、言ったら、もう満面の笑みの即答でね、

「いっぱい」（爆笑）

……素敵でしょう？　皆さんね、『さよならマエストロ』[＊8]観ましょうね。

という訳で、本当に遅くまでありがとうございました。お気をつけて。ありがとうございます。


[＊8]『さよならマエストロ』……TBSテレビ日曜劇場にて２０２４年1月～3月まで放送されていたドラマ『さよならマエストロ～父と私のアパッシオナート～』のこと。西島秀俊が主役で天才指揮者を演じた。芦田愛菜がその娘役、落語が好きで柳亭小痴楽のファンであるという設定だった。小痴楽師は、本人役で出演した。

いま、浪曲復興のドラマがはじまる

解説　サンキュータツオ（漫才師／日本語学者）

「くっだらね〜！」と笑ってくれた読者の方がいましたら御礼申し上げます。

なんか読んでみたら意外に成立してましたね、浪曲。と、考えると、太福さんの台本力を実感しないわけにはいかない。だれがやってもこうはいかない。初演で、曲師とのアドリブも込みで、浪曲という芸能のなかに作家性を持ち込んだ太福さんに改めて拍手を送りたい。

いや、いまでこそ「玉川太福」は演芸の世界で知らない人はいませんが、実際新作をやりはじめた当時はいろいろ心無いこと言う人もいたと思うんですよ。入門してすぐに福太郎師匠が亡くなって、一門全員で育てられたような存在ではあるんですが、どこかでずっと孤独を抱えていたんではないか。でも、そんな気持ちを癒してくれたのは、きっと太福さんの浪曲を聴いて泣いて、笑ってくれるお客さんだったんじゃないだろうか。私はそう思ってます。

ちょっとマジな話をすると、浪曲は、名だたる歌手（二葉百合子、三波春夫ら）

は輩出してきたんだけど、「浪曲」で劇場を埋めるほどの人は少なくなった。スターもいなかったわけではない。それでも浪曲界ではレジェンド的な活躍をしていても、世の人たちが知っているというほどではなかった。しかし、とりわけ演芸冬の時代と言われた90年代には国本武春がいたんです。NHK『にほんごであそぼ』『笑いがいちばん』、大河ドラマにアニメ声優に演劇の舞台、自身で三味線を演奏するなど至るところでその才能を発揮していた業界の要にいた人物で、私もずいぶん、この師匠の口演に救われたものです。若手中心の「渋谷らくご」だけど、軌道に乗ったら必ず出てもらいたい、そう心に誓っていたのだが、2015年に急逝してしまったんです。この人がいれば大丈夫だろうという、いわば「主人公」の喪失は、浪曲界ならずとも演芸界全体に緊張をもたらした。なにより太福さんのことを見守ってくれていた浪曲アニキだったわけです。この芸能は終わってしまうのかもしれない……。でも、そんなとき、太福さん、奈々福さん、国本はる乃さん、真山隼人さん、広沢菊春さん、そういった若手が浪曲を盛り立てようと、涙をみせず必死に戦っていました。

なんとか彼らの力になれればと思って太福さんと並走し現在に至ります。浪曲の世界にも、ひとり、またひとりと、若い浪曲師や曲師が入ってきています。そのなかには「渋谷らくご」で浪曲を知った、という方もいるとかいないとか。荒廃しかけた大地にまた緑が広がりつつあります。

なによりも、本書でも必ず名を記している曲師たちの功績は大きい。浪曲は漫才のようなコンビ芸ですが、浪曲師ばかりに注目がいってしまいがちです。ですが、故・福太郎師匠のおかみさんでもある玉川みね子師匠は落語家にも愛されるキャラクターで、浪曲の伝道師でもあります。本書にも登場する伊丹明師匠、出版業界から飛び込んだ浪曲愛のかたまりです。奈々福さんの曲師の沢村豊子師匠は国宝といってもいいキャリア。そしてそんな師匠方のお弟子さん、玉川鈴さん、広沢美舟さんなどの若手曲師の加入も浪曲を次代へ引き継ぐには必須の存在です。

ありがてえじゃねえか！　いま、私たちはこの「浪曲の復興」というドラマに立ち会えてるんですよ。

太福さん、奈々福さん、はる乃さん、菊春さん、現在は落語芸術協会にも加入され、都内落語定席にも出演しています。状況は大きく変わりつつあります。

そんななか、浪曲を活字化しようなんて企画を考えた加藤威史さんと、その企画を通しちゃう竹書房さん、どうかしてます。しかも「私浪曲」って。私小説的な浪曲ってことでね、いいネーミングです（ちなみに「私小説落語」は笑福亭羽光師匠）。

こんな浪曲ムーブメントのまんなかに、太福さんが居続けてくれることを、お客さんたちと一緒に祈っています。

玉川太福　私浪曲 唸る身辺雑記

2025年1月25日　初版第一刷発行

著者　玉川太福

帯推薦文・解説　サンキュータツオ
写真／加藤威史
構成・注釈　十郎ザエモン
構成協力／ゴーラック合同会社
カバーデザイン・組版／ニシヤマツヨシ
校閲校正／丸山真保

協力　渋谷らくご　ユーロスペース
　　　木馬亭／オフィス10（じゅう）／なかの芸能小劇場

編集人／加藤威史

発行所／株式会社竹書房
〒102-0075 東京都千代田区三番町8-1 三番町東急ビル6F
e-mail : info@takeshobo.co.jp
https://www.takeshobo.co.jp

印刷・製本／中央精版印刷株式会社